LA JEUNESSE

DE

SALVATOR ROSA

—

4ᵉ SÉRIE IN-12

Arrivé sur une espèce de plate-forme, il s'arrêta pour contempler
le spectacle qui s'offrait à ses yeux. (P. 34.)

LA JEUNESSE

DE

SALVATOR ROSA

PAR

FRÉDÉRIC KŒNIG

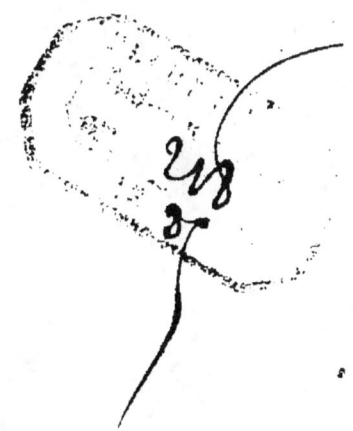

TOURS

ALFRED MAME ET FILS, ÉDITEURS

—

M DCCC LXXXIV

« C'est toujours un spectacle digne d'inspirer
« l'intérêt, que celui d'un homme aux prises
« avec l'infortune, et finissant, à force de cou-
« rage et de persévérance, par en triompher;
« mais combien ce spectacle nous frappe et nous
« émeut davantage, quand nous voyons un jeune
« homme, presque un enfant, seul, sans appui,
« sans *protection*, lutter avec une indomptable
« énergie contre les plus cruelles souffrances de
« la misère, contre les difficultés de toute nature
« qui barrent son chemin, franchir ces obstacles
« et arriver glorieusement au but qu'il s'était
« proposé d'atteindre! »   (Chap. vi.)

LA JEUNESSE

DE

SALVATOR ROSA

———

CHAPITRE I

Le collège des Pères Somasques.

Renella est un charmant village des
environs de Naples. Au commencement
du XVIIe siècle, ce village comptait
quelques maisons de campagne appartenant à des seigneurs qui n'y faisaient
que de rares apparitions; on y voyait

aussi un collège tenu par des religieux
de la congrégation des Pères Somasques [1]. Le surplus de la population
était composé d'artisans, de petits
employés, d'artistes, etc., qui trouvaient à y vivre à meilleur marché que
dans l'intérieur de la ville. Parmi ces
familles on remarquait celle d'Antonio
Rosa, composée du père, de la mère et
de six enfants, dont l'aîné, nommé Salvator, avait à peine une dizaine d'années à l'époque où commence notre
récit, c'est-à-dire vers l'année 1625.

Cette famille était loin d'être dans l'aisance : la mère, nommée Giulia Greca,
fille et sœur de peintres plus que mé-

---

[1] Les Pères Somasques, en italien *Somacchi*, ou *clercs
réguliers de Saint-Maïeul*, formaient une congrégation
fondée, en 1540, par Jérôme Émilien, de Venise, et
confirmée par le pape Paul III ; cette congrégation avait
pour but le perfectionnement de l'instruction religieuse,
et tirait son nom de la ville de Somasque, près de Ber-
game, qui était son chef-lieu. Les Somasques ont eu et
ont encore la direction de plusieurs collèges en Italie,
et entre autres celle du collège Clémentin, à Rome.

diocres, n'avait apporté en dot à son
mari que les qualités d'une bonne et
vertueuse épouse. Antonio, de son côté,
ne possédait aucun patrimoine; mais
il était laborieux et ne manquait ni
d'intelligence ni d'activité. D'abord
maître maçon, il avait acquis quelques
connaissances en géométrie, ce qui
l'avait engagé à prendre le titre d'ar-
chitecte, et enfin celui d'arpenteur-
géomètre (*agrimensore*), dont il exer-
çait alors les fonctions. A force de
travail et de courage, il réussissait à
nourrir tant bien que mal sa famille,
et il songeait à donner à ses enfants
une éducation qui pût assurer leur
avenir.

Son fils aîné, Salvator, montrait de
bonne heure les plus heureuses dispositions. Intelligence active et précoce,
imagination vive et féconde, mémoire
prodigieuse, tout annonçait chez cet
enfant qu'il ferait de rapides progrès

dans la carrière qu'il embrasserait. Mais quelle serait cette carrière? C'était là ce qui préoccupait ses parents, et souvent donnait lieu entre eux à des discussions dans le genre de celle-ci :

« Tu t'inquiètes, dit un jour Giulia à son mari, de l'état à donner à Salvator; il me semble pourtant qu'il est facile de reconnaître celui pour lequel il a déjà un goût prononcé, et je ne doute pas qu'en secondant les dispositions qu'il manifeste, il ne fasse des progrès rapides dans cet art, et n'y obtienne dans la suite des succès qui lui rapporteront gloire et profit.

— Je t'entends, répondit Antonio, tu veux parler de la peinture. Parce que tu es fille, sœur et nièce de peintres, tu t'imagines qu'il n'existe pas d'état plus honorable et plus lucratif pour un jeune homme; cependant je ne vois pas que tes parents, qui ne sont pourtant pas des artistes dépourvus de tout mérite, aient gagné à cet état la gloire et la fortune que tu rêves pour ton fils.

— Il est vrai, mais cela tient à des causes dont l'influence, je l'espère, ne se fera pas sentir sur notre enfant.

« D'abord, il faut souvent à un peintre des occasions favorables pour le lancer, et ni mon père, ni mon oncle, ni mon frère, n'ont jamais rencontré de ces occasions; à la vérité, ils ne les ont pas cherchées, et ils se sont toujours bornés à un travail ingrat pour des marchands de tableaux, véritables juifs qui payent leurs ouvrages moitié prix de leur valeur et leur font des avances usuraires pour mieux les retenir dans leurs griffes. Eh bien, si Salvator se décidait à suivre cette carrière, il faudrait, — et ce te serait chose facile à cause de tes relations, — éviter à tout prix qu'il ne tombâ dans les griffes de ces vautours, qui rétrécissent et étouffent le talent au lieu de l'encourager. Et quel dommage ce serait pour ce cher enfant, dans lequel il y a peut-être l'étoffe d'un Michel-Ange Buonarroti ou d'un Raphael Sanzio!

— Rien que cela! et qui peut te faire supposer, pauvre mère, que ton fils sera doué d'un talent du premier ordre comme celui des deux grands hommes que tu viens de citer? En verrais-tu, par hasard, le germe dans ces crayonnages ou plutôt dans ces barbouillages au charbon dont il couvre les murs de notre maison et même ceux des voisins, qui s'en sont déjà plaints à moi plusieurs fois?

— Sais-tu que dans ce que tu appelles dédaigneusement des barbouillages, il y a déjà l'indice d'un talent extraordinaire, qui ne demande qu'à être développé pour acquérir un jour

tout son éclat? Ce n'est pas moi. qui
porte ce jugement; c'est mon frère,
qui a été frappé des dispositions vraiment hors ligne de cet enfant, et qui m'a
dit bien des fois: « Écoute, ma sœur,
si tu veux, j'initierai Salvator aux principes de notre art, et je te garantis
qu'il deviendra un jour un sujet distingué, qui nous damera le pion à tous,
et prendra rang parmi les plus illustres
noms de l'école italienne. » Et comme
je lui faisais cette objection : « Mais
puisque tu reconnais toi-même que tu
n'es pas un peintre du premier ordre, ·
comment pourrais-tu espérer former
un élève qui l'emporterait sur toi avec
une supériorité si marquée? — Eh !
mon Dieu, m'a-t-il répondu, ce sont
de ces choses qui arrivent tous les
jours; il est plus facile d'indiquer la
route à suivre que de la suivre soi-
même; et souvent un talent médiocre
a servi de premier guide au génie. Ra-

phael a eu pour premier maître son
père Sanzio, peintre fort ordinaire,
dont le nom serait resté inconnu, sans
le reflet qu'a jeté sur lui la gloire de
son fils. » Ces réflexions me paraissent
assez justes, et il me semble que nous
devrions profiter de la bonne volonté
de mon frère, qui nous répond en
quelque sorte de l'avenir de notre enfant.

— Si j'étais sûr, répondit Antonio,
que la prédiction de ton frère dût s'ac-
complir, ou même si je pouvais rai-
sonnablement compter qu'un jour Salvator deviendra, je ne dis pas un
artiste du premier ordre, mais seulement un peintre d'un mérite réel, capable de gagner honorablement sa vie
avec son pinceau, je n'hésiterais pas à
suivre le conseil que tu me donnes et
à accepter l'offre de ton frère Greco.
Je pourrais même encore l'accepter
comme essai, si je jouissais d'une cer-

taine aisance, qui me permît de ne pas
compter plus tard sur le produit du
travail de mon fils; mais dans les con-
ditions de fortune où je me trouve, je
dois songer, avant tout, à donner à notre
fils aîné une éducation qui le mette à
même de gagner promptement sa vie,
et d'être au besoin le soutien de ses
frères et sœurs plus jeunes que lui.
Une occasion se présente de réaliser
mes intentions à ce sujet, et je veux
en profiter. Le révérend père Cipriani,
supérieur du couvent et directeur du
collège des Pères Somasques, m'offre
d'élever Salvator dans sa maison, de
lui faire faire toutes ses études clas-
siques, et même une partie de ses
études théologiques, si sa vocation l'appelle à l'état ecclésiastique. Dans le
cas où il ne serait point disposé à entrer dans les ordres, plusieurs procu-
reurs, qui m'emploient comme expert
dans certains procès qu'ils ont à soute-

nir, m'ont promis de le prendre comme clerc, et de lui apprendre la pratique des affaires et de la procédure, dès qu'il aurait terminé ses classes. Ainsi, deux carières, je ne dirai pas également honorables, mais également avantageuses au point de vue de l'intérêt matériel, s'ouvriront devant lui. Qu'il soit ecclésiastique ou homme de loi, son avenir sera toujours mieux assuré que dans l'état précaire d'artiste.

— J'approuve ton projet, reprit sa femme, et je ne demande pas mieux que de le voir réussir; mais, ajoutat-elle en soupirant, s'il n'allait avoir de vocation ni pour l'état ecclésiastique, ni pour la procédure et l'étude des lois?

— Et pourquoi n'en aurait-il pas?

— C'est tout simplement parce qu'il me semble montrer déjà un goût si prononcé pour tout ce qui tient à l'art du dessein et de la peinture, que je crains qu'il n'ait jamais d'inclination pour autre chose.

— Comme si l'on pouvait juger du goût, de l'inclination, en un mot, de la vocation qu'aura un jeune homme de dix-huit à vingt ans, par le goût, ou plutôt par la fantaisie d'un enfant de dix ans ! Songe donc, ma chère amie, qu'à l'âge de Salvator, un enfant n'a ni volonté arrêtée, ni penchant décidé ; il n'a que des velléités et des caprices, changeant au jour le jour. Il est porté à imiter tout ce qu'il voit faire : et c'est parce qu'il passe une partie de son temps dans l'atelier de son oncle Greco, que ton fils ne cesse de vouloir dessiner et barbouiller à tort et à travers. Dernièrement il m'a accompagné dans deux ou trois opérations d'arpentage que je faisais dans le voisinage ; eh bien, il voulait à toute force que je lui apprisse l'usage de mes instruments, et il disait que lui aussi

il voulait être arpenteur. Accepterai-je
aussi l'expression d'un pareil désir pour
le signe d'une vocation certaine? Non,
un père prudent ne doit pas prendre
au sérieux ces premiers goûts de l'enfance pour décider de la direction
qu'il donnera à l'éducation de son fils.
Aussi, ce ne sont pas les prétendues
dispositions que Salvator montre pour
la peinture, qui m'empêcheront de le
placer au collège, et de lui faire donner une instruction qui le conduise à
un état plus solide, plus marquant que
celui de peintre. Après cela, s'il con-
serve quelques goûts artistiques, je ne
m'opposerai pas à ce qu'il les cultive,
mais seulement par forme de récréa-
tion et pour le délasser d'études plus
sérieuses. »

Giulia ne fit plus d'objection. Elle
parut entrer entièrement dans les vues
de son mari, et, quelques jours après
la conversation que nous venons de

rapporter, Salvator fut admis dans le
collège des Pères Somasques.

Nous n'avons pas intention, comme
on le pense bien, de le suivre pas à pas
pendant les quatre à cinq ans de séjour qu'il fit dans cet établissement.
Nous dirons seulement que son esprit
actif et ouvert saisit avec promptitude
les éléments des lettres et des sciences.
Il apprit avec une étonnante facilité la
langue latine, et, dès l'âge de douze
ans, il savait par cœur un grand nombre de passages de Virgile, et il en
comprenait les beautés. Il se sentit dès
lors un penchant presque égal pour la
poésie et l'art du dessin. Il recom-
mença, sur les murs du jardin du couvent, ses dessins au charbon, comme
autrefois sur les murs de la maison
paternelle. Seulement ces nouvelles
compositions avaient quelque chose de
plus régulier, et offraient un certain
rapport avec ses études; c'était en

quelque sorte un commentaire des Bu-
coliques de Virgile, son poète favori.
Ainsi un de ces tableaux représentait
un charmant paysage ; au premier
plan, un berger à demi couché sous
un hêtre touffu jouait de la flûte, tandis
que ses brebis paissaient autour de lui.
Au-dessous du tableau, il avait écrit ces
deux vers :

Tityre, tu patulæ recubans sub tegmine fagi,
Sylvestrem tenui musam meditaris avena.

A côté de ce tableau, et comme pour
lui servir de pendant, il avait repré-
senté un site sauvage, avec des rochers couverts de broussailles et sur
le flanc desquels des chèvres semblaient suspendues ; de l'autre côté du
vallon, le chevrier, couché à l'entrée
d'une grotte tapissée de mousse, regardait d'un œil attristé son troupeau et
semblait lui adresser ces vers en forme

d'adieu, que le dessinateur avait écrits
au-dessous :

Non ego vos posthac, viridi projectus in antro,
Dumosa pendere procul de rupe videbo.

Un troisième tableau offrait un cou-
cher de soleil au milieu d'un paysage
des plus accidentés. De hautes montagnes, derrière lesquelles descendait
lentement l'astre du jour, projetaient
leur ombre sur une plaine couverte de
prairies et de champs cultivés. Les trou-
peaux et les laboureurs regagnaient
leurs chaumières, dont on apercevait,
au-dessus des arbres, le toit et les che-
minées d'où s'échappaient des colonnes
de fumée. La légende était formée de
ces deux vers :

Sed jam summa procul villarum culmina fumant,
Majoresque cadunt altis de montibus umbræ.

Les professeurs de Salvator, et le révérend père Cipriani lui-même, avaient

souri en voyant cette manière d'inter-
préter Virgile. « La peinture et la poésie
sont sœurs, avait dit le père supérieur;
il y a longtemps que j'ai remarqué
chez cet enfant une étincelle du feu
sacré. »

Quoique Salvator n'eût pas entendu
les observations de ses maîtres, il avait
eu connaissance de l'espèce d'approbation qu'ils lui avaient donnée. Ce fut
pour lui un encouragement à continuer, et bientôt tous les murs du couvent furent couverts de ses dessins,
seulement il variait ses compositions.
Tantôt c'était une vue de quelque point
pittoresque des environs de Naples;
tantôt un sujet tiré des Livres saints,
car la poésie de la Bible l'inspira bientôt autant que celle de Virgile et des
poètes profanes.

Cependant, si le père supérieur et
quelques-uns des autres religieux
avaient vu d'un œil indulgent les pre-

miers essais de notre jeune artiste, il n'en avait pas été de même du père économe ni du préfet chargé de la surveillance générale et du bon ordre de la maison. Ils trouvèrent qu'il était temps de mettre un terme aux travaux par trop envahissants de notre peintre en herbe ; et un beau jour ils firent effacer tous ces *charbonnages* merveilleux, firent reblanchir les murs à la chaux, et y placardèrent une affiche portant défense expresse de *salir* à l'avenir ces murs par des dessins quelconques, inscriptions, etc.

Salvator fut blessé de cette mesure et s'en plaignit à son protecteur, le père Cipriani. Le bon père lui répondit avec bonté : « Vous saviez bien que c'était par une sorte de tolérance, je devrais dire de faiblesse, qu'on avait souffert vos premiers essais ou esquisses de peinture murale ; vous auriez dû y apporter de la réserve et de la discré-

1*

tion, si vous vouliez que cette indulgence se prolongeât ; mais, au lieu de cela, vous en avez abusé, malgré plusieurs avertissements qui vous ont été adressés. Alors le préfet et l'économe ont rempli les devoirs de leur charge, et je ne puis qu'approuver les mesures qu'ils ont prises ; vous devez même vous estimer heureux d'échapper à une punition, que vous subiriez certainement, et d'une manière sévère, si vous recommenciez désormais. »

Cette admonestation toute paternelle ne satisfit point Salvator ; il n'en garda pas moins rancune au préfet et à l'économe, et, pour se venger, il se mit à faire leurs portraits en caricatures, non plus contre les murs, mais sur des feuilles de papier qui bientôt circulèrent de main en main parmi tous les élèves du collège. Le succès de ces charges l'encouragea à en faire d'autres contre ceux de ses maîtres qu'il n'ai-

mait pas, ou même contre tout personnage qui donnait prise à son crayon.
Une telle audace ne pouvait rester im-
punie. Des plaintes furent adressées
au révérend père Cipriani; celui-ci fit
appeler Antonio Rosa, et se vit obligé,
à regret, de lui remettre son fils.

CHAPITRE II

Les brigands des Abruzzes.

Salvator avait quinze ans lorsqu'il sortit du couvent des Pères Somasques. Il avait à peu près terminé ses études littéraires, et il était sur le point d'entrer en philosophie. Son père le plaça chez un procureur, comme il en avait depuis longtemps le projet. Salvator ne fit aucune objection, quoiqu'il se sentît peu de goût pour la procédure et pour l'étude des lois. Il travailla même pendant quelque temps avec assez d'assiduité dans l'étude de son nouveau

patron. Mais dès qu'il avait un instant
de liberté, il s'adonnait à la musique
et à la poésie, et il y eut des succès tels,
que plusieurs de ses chants, qu'il faisait
entendre lui-même dans des sérénades,
devinrent populaires à Naples. Quant
à ses poésies d'alors, elles ont été per-
dues; mais des œuvres de plus haute
portée, satires, sonnets, cantates, les
remplacèrent, et ont mérité d'être con-
servées.

La musique et la poésie n'occupaient
pas seules ses loisirs; son penchant
pour le dessin et la peinture s'était
accru avec l'âge, et, n'eût été la crainte
de déplaire à son père, il y aurait con-
sacré tout son temps. Il allait en secret
prendre des leçons de son oncle Greco;
mais le jeune élève s'aperçut bientôt
de l'incapacité de son maître; il se
tourna alors vers la nature, guide plus
sûr, pour quiconque est en état de
l'interroger. Souvent les dimanches

et les jours où il y avait vacances au palais, ses occupations favorites étaient de côtoyer, un portefeuille sous le bras et un Virgile à la main, les bords de ce beau golfe de Naples, d'en explorer tous les recoins, d'ouvrir son âme à toutes les inspirations et de retracer les sites que la nature a comblés de tous ses dons, et où la muse du poète de Mantoue a laissé de si grands souvenirs.

Vers cette époque, une de ses sœurs, d'un an à peine plus jeune que lui, épousa un peintre d'un certain mérite, nommé Francanzano; c'était un élève distingué du célèbre Ribera, dit l'Espagnolet, élève lui-même de Michel-Ange[1]. Pour avoir consenti à ce mariage, Antonio Rosa était-il revenu de ses préjugés contre l'état de peintre,

---

[1] Un des tableaux de l'Espagnolet, *l'Adoration des Bergers*, est au musée du Louvre. Le Michel-Ange dont il est parlé ici est Michel-Ange Caravage, et non le grand Buonarroti.

ou bien pensait-il que le talent réel
de Francanzano mettrait sa fille à l'abri
de la misère, dont l'incapacité de son
beau-père et de son beau-frère n'avait
pu préserver leur famille ? Quoi qu'il
en soit, il paraît que Salvator fut en-
chanté, pour son compte, de ce mariage,
et qu'il alla dès lors demander des conseils à son beau-frère et étudier sous
lui les grands principes de l'art, que
n'avait pu lui enseigner son oncle
Greco. Il paraît aussi qu'il le fit ouver-
tement et du consentement de son père,
qui, s'étant convaincu du peu de dispositions de son fils pour la chicane et de
son penchant réel et sérieux pour la
peinture, n'avait plus fait d'objections
à ce qu'il se livrât à l'étude de cet art,
maintenant qu'il avait dans sa famille
un homme capable de le diriger avec
sûreté et habileté.

A compter de ce moment, Salvator
partageait son temps entre les causeries

et les études dans l'atelier de Francanzano et ses promenades sur les bords
du golfe, et souvent des courses longues
dans les lieux les plus retirés et les
plus sauvages. Dans ces exercices, son
génie se développait avec une étonnante
rapidité, et souvent il rapportait de ces
promenades des esquisses de paysages
qui étonnaient son beau-frère.

C'est dans une de ces excursions qu'il
lui arriva une aventure qu'une tradition
légendaire a singulièrement amplifiée,
mais qui, réduite à la simple vérité, n'en
constitue pas moins un fait curieux et
romanesque dans la vie déjà si acciden-
tée de ce grand artiste.

Un jour que le désir de chercher
des sites nouveaux et pittoresques l'a-
vait entraîné jusque dans les premières
gorges des Abruzzes, il s'était enfoncé
dans une vallée étroite, sinueuse, où
bientôt on ne trouvait plus ni route,
ni chemin régulièrement tracé, ni

vestiges d'habitations humaines. A mesure qu'on avançait dans ce désert, la nature devenait plus sauvage et plus bouleversée. Des masses énormes de rochers, évidemment détachées de la montagne voisine par quelque tremblement de terre, fermaient tout à coup le milieu de la vallée. Salvator franchit cet obstacle, en grimpant à travers les crevasses du rocher, par un sentier qui semblait ne pouvoir être fréquenté que par des chèvres sauvages ou des chamois. Arrivé sur le haut du rocher, qui formait une espèce de plate-formè, il s'arrêta pour contempler le spectacle qui s'offrait à ses yeux. La vallée ne s'étendait qu'à une faible distance au delà, et se terminait brusquement par un rocher à pic, au bas duquel s'ouvrait une sombre caverne d'où s'échappait une cascade qui tombait avec un bruit retentissant dans le fond de la vallée, et formait un ruisseau ou plutôt un

torrent dont le lit était encombré de
pierres énormes détachées de la montagne ou entraînées par les eaux.

Rien de plus désolé que l'aspect de
cette solitude : les flancs des montagnes,
déchirés par d'énormes crevasses, at-
testaient les convulsions récentes dont
cette terre avait été agitée. Ici la montagne était nue et abrupte ; là elle était
couverte d'une végétation luxuriante ;
plus loin le terrain était inégalement
et bizarrement coupé ; quelques pins
élevaient leur cime conique vers le
ciel ; d'autres étaient penchés, comme
s'ils allaient tomber dans l'abîme. Le
silence de cette solitude n'était troublé
que par le bruit du torrent ou par le
croassement d'une bande de corbeaux
qui planaient au-dessus de ces lieux
désolés.

Ce genre de paysage plaisait à son
génie, et semblait en harmonie avec la
tristesse qui déjà remplissait son âme.

Après avoir longtemps contemplé ces sites sauvages et presque lugubres, Salvator s'assit sur un quartier de rocher et se mit à dessiner les points de vue qui lui semblaient les plus dignes d'exercer son crayon.

Il se livrait à cet exercice depuis près d'une demi-heure, et il était tellement absorbé par son travail, qu'il n'entendit pas s'approcher de lui un individu, qui depuis quelques instants se tenait debout derrière lui et le regardait dessiner. Enfin le nouveau venu rompit le silence, et, posant familièrement la main sur l'épaule de Salvator, il lui dit d'un ton brusque: « Que faites-vous là, jeune homme? »

Salvator, plus surpris qu'effrayé, se retourna aussitôt, et avant de répondre jeta un coup d'œil rapide sur son importun interrupteur. Il n'eut pas de peine à reconnaître à qui il avait affaire. Cet homme, qui pouvait être âgé de trente à trente-cinq ans, portait le costume des paysans des environs de Naples : veste brune, avec un manteau formé d'une peau de mouton suspendu sur l'épaule gauche, culotte de peau, jambes nues et chaussées d'espadrilles, chapeau conique orné d'un ruban jadis rouge et d'une plume de corbeau noire. Comme signe caractéristique de sa profession, une ceinture rouge soutenant une paire de pistolets et un poignard; enfin, un long fusil, dont la crosse reposait à terre, et sur le canon duquel il s'appuyait négligemment, complétait son équipement. D'un coup d'œil, Salvator saisit tous ces détails, et il répondit d'une voix qui trahissait son émotion difficilement contenue :

« Vous le voyez bien ce que je fais...

— Oui, interrompit son interlocuteur, je vois que vous prenez des plans

2

pour reconnaître le chemin qui conduit dans cette partie de la montagne.

— Je ne prends aucun plan; je suis artiste, et c'est en cette qualité que je dessine ce paysage, qui me paraît fort curieux.

— Très bien; mais qui vous a permis de pénétrer dans cette vallée?

— Je ne croyais pas avoir besoin de permission, pas plus que pour dessiner le Vésuve et les environs du golfe de Naples. » Et en même temps il ouvrit son portefeuille et montra à son interlocuteur plusieurs esquisses qui représentaient différents points de vue du golfe et de la montagne.

« C'est possible, reprit l'étranger; mais tout cela ne me regarde pas. Vous saurez qu'on ne pénètre pas impunément, et à moins d'un sauf-conduit, dans les lieux où le capitaine Corvini a établi sa résidence avec sa compagnie. »

A ce nom de Corvini, qui était celui

d'un célèbre brigand, dont les exploits faisaient le sujet de toutes les conversations à Naples, Salvator fut saisi d'un mouvement d'effroi; mais, se remettant promptement, il répondit avec une certaine assurance :

« Le hasard seul m'a conduit ici, et j'étais loin de soupçonner que ce fût la résidence du signor Corvini...

— C'est bon, c'est bon, interrompit de nouveau le brigand; vous expliquerez tout cela au capitaine, auprès duquel je vais vous faire conduire : c'est lui qui décidera de votre sort. »

En même temps il fit entendre un certain croassement assez semblable à celui des corbeaux. Deux cris pareils lui répondirent, et presque aussitôt parurent sur le plateau, sans qu'il eût vu d'où ils sortaient, deux hommes vêtus à peu près comme le premier, et qui se distinguaient comme lui par une plume de corbeau attachée à leur

chapeau. — Salvator se rappela alors
que la bande de Corvini avait pris le
nom de *I Corvi* (les Corbeaux), par
allusion sans doute au nom de leur
chef, et qu'elle portait pour signe de
ralliement une plume de cet oiseau
sinistre. — Le premier brigand dit
quelques mots à voix basse aux deux
nouveaux venus; puis, s'adressant à
Salvator, il lui dit d'un ton bref et im-
périeux : « Suivez ces hommes. »

Il n'y avait pas moyen de résister.
Notre jeune artiste, l'oreille basse et
l'âme passablement troublée, s'apprêta
à suivre ses nouveaux guides. L'un
d'eux descendit par un sentier étroit,
opposé à celui par lequel Salvator était
monté, en faisant signe à celui-ci de
le suivre, tandis que l'autre marchait
derrière le jeune homme et surveillait
tous ses mouvements. Ils descendirent
ainsi jusqu'au fond de la vallée tra-
versée par le torrent. Après un quart

d'heure d'une marche pénible, tantôt
dans le lit du torrent, tantôt sur les
blocs de rochers dont ce lit était encombré et qu'il fallait enjamber de l'un
à l'autre, ils arrivèrent dans une an-
fractuosité de la montagne que Salvator n'avait pu apercevoir du lieu où
il s'était arrêté. Là se trouvait une
grotte, ou, si l'on veut, une caverne
profonde, qui servait de retraite à Corvini et à sa bande. Au moment où ils
approchaient de cet endroit, un des
hommes de l'escorte de Salvator fit
entendre ce cri du corbeau qui était
le signal ou le qui-vive de ces brigands.
Un cri pareil parti de l'entrée de la
grotte y répondit, et bientôt un homme
s'avança à la rencontre des arrivants.
Après avoir échangé avec eux quelques
mots à voix basse, il introduisit le premier dans la grotte, laissant en dehors
Salvator sous la garde de l'autre.

Après quelques minutes d'attente le

jeune artiste fut enfin conduit en présence de Corvini. Rien dans son costume ne le distinguait des autres hommes de sa bande, si ce n'est qu'à son chapeau il portait une plume rouge de coq entre deux plumes de corbeau. Mais sa physionomie intelligente, ses traits hardis et fortement accentués annonçaient l'homme aux résolutions énergiques et promptes, l'homme habitué au commandement et auquel on devait obéir sans réplique. Sans être d'une taille beaucoup au-dessus de la moyenne, sa forte carrure, sa large poitrine, ses bras nerveux, ses jambes bien taillées étaient l'indice d'une force musculaire peu commune.

Il était assis sur un tronc d'arbre, au milieu de quatre ou cinq de ses compagnons avec lesquels il paraissait tenir conseil, au moment où Salvator fut amené devant lui. Après avoir jeté un coup d'œil investigateur sur le jeune peintre, il lui fit subir un interrogatoire minutieux sur lui, sur sa famille, sur 'sa position de fortune, sur les motifs qui l'avaient amené dans cette partie des Abruzzes.

Salvator répondit de son mieux à toutes ces questions, c'est-à-dire avec cet accent de franchise qui n'appartient qu'à la vérité.

Corvini l'écouta avec attention, et quand il eut fini, il dit à demi-voix à ceux qui l'entouraient :

« *Per Bacco!* je crois que Giacomo nous a fait là une triste capture.

— Qui sait? répondit sur le même ton le lieutenant; il ne faut pas toujours se fier aux apparences. Un véritable artiste qui travaille pour gagner sa vie ne vient pas chercher dans ces lieux déserts des sujets de peinture qui n'offriraient aucun intérêt et que personne ne voudrait acheter. Il trouve sans sortir de Naples, ou sans quitter.

ses environs, des sujets beaucoup plus attrayants, et dont la reproduction est recherchée avidement par les riches étrangers. Il faut donc, pour venir s'amuser ici à exercer son crayon, être un simple amateur, — ce qui suppose un jeune homme jouissant par lui-même d'une certaine fortune ou appartenant à une famille riche; — ou bien il faut que ce soit un espion envoyé pour reconnaître les abords de cette vallée et en lever les plans, comme l'a pensé tout d'abord Giacomo; et cette dernière idée me paraît d'autant plus vraisemblable que dans son interrogatoire il a avoué que son père était un arpenteur-géomètre. Dans ces deux cas, cette capture n'est point à dédaigner; car dans le premier nous pourrons en tirer une forte rançon, et dans le second nous lui ferons payer encore plus cher son audacieuse équipée.

— Tu es toujours porté, mon cher

Bartolomeo, reprit Corvini, à voir les
choses en noir et à transformer en
graves réalités l'ombre même d'une
apparence. Eh bien, moi qui me connais en physionomie, je suis convaincu
que ce jeune homme, j'allais dire cet
enfant, n'a pas plus songé à nous es-
pionner qu'à emporter dans sa poche la
roche noire sur laquelle on l'a trouvé.
J'ai visité son portefeuille ; je n'y ai
trouvé que des esquisses, des ébauches
annonçant un véritable artiste, même
un artiste de talent, — tu sais que je
m'y connais aussi, — et rien qui res-
semblât à un plan ou à un dessin qui
pût donner l'idée du chemin à suivre
pour conduire dans notre retraite. Je
suis donc convaincu que ta seconde
supposition est erronée ; quant à la
première, je ne la crois guère mieux
fondée ; cependant, comme je n'ai pas
à cet égard la même certitude, je m'as-
surerai, avant de lui rendre la liberté,

s'il y a ou non impossibilité de tirer une rançon quelconque de ce prisonnier. »

Corvini fit alors approcher de nouveau Salvator, que ses gardiens avaient tenu à une certaine distance pendant cette conversation du capitaine et de son lieutenant.

« Sais-tu bien, jeune homme, lui dit-il, que lorsque, sans sauf-conduit, on met le pied dans le campement des *Corvi*, on n'en sort pas sans payer une rançon ? Voyons, as-tu de l'argent sur toi ?

— Ah ! Signor, s'écria Salvator, un peu rassuré par le ton assez bienveillant du chef des voleurs, un pauvre artiste comme moi avoir de l'argent ! Tenez, ajouta-t-il en tirant de la poche de sa veste une petite bourse fort mince, qui contenait quelques baïoques (petite monnaie valant cinq centimes), voilà tout ce que je possède, avec mon portefeuille et mes crayons; si vous voulez vous en contenter pour ma rançon, tout cela est à vous.

— Avant de te répondre, reprit Corvini, je veux m'assurer si tu me dis la vérité. Qu'on le fouille, » ajouta-t-il en s'adressant aux deux hommes qui avaient amené Salvator.

Ceux-ci s'empressèrent d'exécuter cet ordre, et ils le firent avec une dextérité et une promptitude qui prouvaient leur habitude de ces sortes d'opérations. Ils ne trouvèrent rien de plus que ce qu'avait déclaré le prisonnier.

« Je m'y attendais, dit tout bas Corvini à son lieutenant, et tu vois que sur ce point du moins il a dit la vérité. » Puis, élevant la voix et s'adressant à Salvator, il ajouta : « Je vois effectivement que tu n'as pas sur toi de quoi payer ta rançon; mais ta famille sera sans doute disposée à racheter ta liberté, et elle ne fera pas de difficulté de faire

pour cela le sacrifice de quelques milliers de ducats.

— Quelques milliers de ducats!...
Ah! Signor, s'écria Salvator avec l'accent de la plus profonde douleur, si
vous demandiez à mon père ou à ma
mère une partie de leur sang, ils pour-
raient vous le donner pour me racheter; mais de l'argent, cela leur est im-
possible; à peine en ont-ils pour
subvenir à leurs plus pressants besoins
et à ceux de leur nombreuse famille.

— C'est ce dont je veux m'assurer.
Écoute : si Corvini ôte quelquefois aux
riches une partie de leur superflu,
pour corriger l'inégalité des fortunes,
il n'a pas pour habitude de dépouiller
les pauvres; loin de là, il leur vient
souvent en aide. Si donc, comme tu
le dis, ta famille est hors d'état de
payer ta rançon, je n'exigerai rien d'elle;
mais auparavant il faut que j'en ac-
quière la certitude par les agents sûrs

que j'ai à Naples. En attendant, tu resteras ici jusqu'à l'arrivée de leur rapport.

— Ah ! Signor, mon père et ma mère vont être dans une inquiétude mortelle en ne me voyant pas revenir ce soir...

— Écris - leur, interrompit Corvini; dis-leur que tu ne cours aucun danger, et que tu retourneras auprès d'eux dès que tu auras terminé l'ouvrage pour lequel on te retient ici. »

A ces mots, Salvator regarda Corvini d'un air étonné, ne comprenant pas ce qu'il voulait dire.

Celui-ci reprit en souriant : « Je vais m'expliquer, puisque tu parais ne pas comprendre. En attendant la réponse de mes agents, tu vas continuer le paysage que tu as commencé; tu me le donneras quand il sera terminé, et ce sera toute la rançon que j'exigerai de toi, si tu m'as dit la vérité au sujet de ta famille; dans le cas contraire, je doublerais le prix de ta rançon, et tu resterais prisonnier jusqu'à ce qu'elle fût payée. Dernièrement un musicien est tombé comme toi entre nos mains; il s'est racheté en nous jouant sur son violon les plus jolis airs de son répertoire, et en nous chantant quelques morceaux d'opéra qu'il avait appris au théâtre Saint-Charles, où il faisait partie de l'orchestre. Un artiste n'est pas un banquier, et nous ne lui demandons que ce qu'il peut nous donner. »

Pleinement rassuré par ces paroles, Salvator écrivit à ses parents pour calmer leur inquiétude, et il se remit tranquillement à son travail, si désagréablement interrompu par Giacomo.

La réponse des agents de Corvini arriva deux jours après. Elle était parfaitement conforme à ce qu'avait dit Salvator. Corvini l'annonça luimême à son prisonnier, en lui disant :

« Maintenant tu seras libre dès que tu
auras achevé ton tableau. »

Il fut terminé le lendemain, et avant
la fin de cette journée Salvator était
arrivé à Naples, et embrassait sa famille, qui depuis trois jours était en
proie à une inquiétude que l'on peut
facilement se figurer.

Tel est, à peu de chose près, cet
épisode de la vie de Salvator Rosa,
lequel a donné lieu à une légende fabu-
leuse qui le représente comme ayant
vécu longtemps au milieu des brigands,
et ayant même exercé leur métier.

On pense bien que Salvator dut
conserver une profonde impression de
cet incident bizarre de sa vie, et l'on
regarde généralement comme un sou-
venir du dessin qu'il avait fait pour
Corvini le beau tableau représentant
un paysage des Abruzzes qui se trouve
dans le musée du Louvre. Seulement
les personnages qui animent cette scène

ne sont point des brigands : ce sont deux guerriers, couverts de leur ar-mure, qui se reposent sur la plate-forme du rocher où Salvator fut surpris par Giacomo, et dans le bas, à droite, un chasseur qui tue un oiseau d'un coup de fusil.

CHAPITRE III

Lutte contre la misère et les privations.

Après son aventure des Abruzzes, Salvator Rosa ne se hasarda plus dans les lieux déserts du royaume des Deux-Siciles; mais il n'en mit pas moins d'ardeur à son travail, et c'est vers cette époque qu'il commença à s'adonner à la peinture à l'huile, et qu'il y fit des progrès rapides. Au moment où son talent commençait à prendre un véritable caractère, quoiqu'il n'eût guère plus de dix-sept ans, il fut frappé d'un de ces coups terribles qui ébran-

lent les âmes les plus fermes, et qu'un
cœur jeune a rarement la force de supporter ; son père mourut presque subi-
tement. A la douleur de perdre l'auteur de ses jours se joignait la difficulté
de subvenir aux besoins de sa famille,
dont il était désormais l'unique soutien. Point de parents riches, point
d'amis dévoués, pas un seul protecteur
qui eussent pu lui prêter un appui :
son talent n'était pas encore assez formé
pour pouvoir lui procurer une res-
source; ceux de ses tableaux qui offraient déjà quelque mérite ne se ven-
daient pas, parce que le nom de leur
auteur n'avait encore aucune réputation; de sorte qu'il fut longtemps en
butte à la plus complète misère, souf-
frant et voyant souffrir autour de lui
ce qu'il avait de plus cher.

Tout était pour lui un sujet de dé-
couragement; mais, doué d'un grand
caractère, d'une âme fortement trem-

pée et d'un véritable génie, non seulement il supporta avec fermeté sa misère, mais il résolut de lutter corps à
corps contre la mauvaise fortune. Re-
doublant d'efforts pour triompher d'une
si rude épreuve, ce qu'il avait commencé par goût, il le continua par besoin. Il s'adonna à la peinture à l'huile,
qu'il n'avait jusque-là qu'essayée; et
ses premiers tableaux avaient déjà cette
vigueur qui est empreinte dans tous
ses ouvrages. Son beau-frère, Fracanzano, lui avait procuré la connaissance
d'Ancillo Falcone, peintre de batailles,
élève aussi de Ribera. Salvator se lia
bientôt avec lui d'une étroite amitié, et
il en reçut des conseils qu'il sut mettre
à profit.

Non moins prompt à exécuter qu'à
entreprendre, on le vit presque en
même temps traiter des sujets d'histoire chez Fracanzano, peindre des batailles avec Falcone, et emprunter à

la nature elle-même l'art de la bien
imiter. Telle était l'activité de son génie, que, loin de se borner à un seul
genre, il voulut les envahir tous à la
fois. Il se fit une manière expéditive,
qui était d'accord avec la fougue de son
imagination et l'impatience de son caractère : ses compositions, pleines de
verve et d'énergie, décelaient l'originalité de son talent [1].

Tous ces travaux ne suffirent pas
pour l'arracher à la gêne où il se trouvait depuis la mort de son père. Forcé
de vendre à tout prix ses ouvrages pour
l'entretien de sa famille, il se vit dans
la nécessité de recourir à ces brocan-
teurs, à ces juifs marchands de tableaux, dont son père lui avait autrefois tant parlé, comme de sangsues qui
dévorent les artistes. Souvent, lorsqu'il
avait vendu un tableau, et que tout

---

[1] Notice sur Salvator Rosa, par don Pedro de Angelis,
ancien secrétaire de Joachim Murat, roi de Naples.

joyeux il en avait apporté le prix à sa mère, après avoir payé les dépenses les plus urgentes du ménage, il ne lui restait pas de quoi acheter une toile pour recommencer un autre ouvrage. Alors son marchand de tableaux lui en faisait l'avance, qu'il retenait, avec usure, sur le prix de l'ouvrage terminé.

Salvator supportait courageusement toutes ces misères, et il cherchait en même temps à soutenir le courage des siens, en leur faisant envisager un avenir meilleur. Mais sa mère ne partageait pas cet espoir; souvent elle lui disait: « Mon pauvre Salvator, tu t'épuises, tu te sacrifies. pour nous; si tu ne nous avais pas à ta charge, tu te tirerais seul d'affaire facilement.

— Ne parlez pas ainsi, ma mère, répondait Salvator; ne vous laissez pas aller à cette défaillance, qui me désespère. C'est votre présence, c'est le désir de vous soulager, vous, et mes frères et mes sœurs, qui soutiennent mon courage. Que deviendrais-je si j'étais seul? je n'ose y penser. Le sort ne peut pas toujours nous accabler; et bientôt un avenir meilleur s'ouvrira devant nous. »

A l'âge de Salvator, on compte toujours sur l'avenir. « La jeunesse vit d'espérance, » dit un ancien adage; mais sa mère ne partageait pas ses illusions, et tandis que son fils travaillait avec ardeur à de nouveaux tableaux, elle, de son côté, cherchait les moyens de ne plus être à sa charge. Après avoir fait de nombreuses démarches à son insu, elle lui annonça un jour qu'elle avait trouvé à se placer, ainsi que tous ses enfants. Elle entrait, avec une de ses filles, comme domestique dans la maison d'un grand seigneur napolitain; la troisième, grâce à la protection de Ribera, qu'elle était parvenue à intéresser à leur sort, était reçue dans un couvent de religieuses; enfin ses deux jeunes fils étaient placés dans une maison de charité où ils seraient élevés gratuitement.

Malgré la douleur que ressentit Salvator en entendant le détail de ces arrangements qui allaient disperser les membres de sa famille, il ne put y opposer d'objections sérieuses; car depuis quelque temps la misère était à son comble dans l'intérieur de la maison paternelle, et tous ses efforts étaient impuissants à la conjurer. Il se sépara en pleurant de ces êtres chéris, et en leur promettant qu'il allait travailler avec ardeur à leur réunion.

Peu de temps après un autre sujet de douleur vint encore l'accabler. Sa sœur, l'épouse de Fraçanzano, était tombée malade d'épuisement et de privations; car son mari n'était pas dans une position de fortune meilleure que

Salvator, et il avait moins de courage et de résolution que lui; la pauvre jeune femme mourut, dit-on, d'ina- nition.

Salvator ne se laissa point abattre par cette suite non interrompue de malheurs; plus le sort sévissait contre lui, plus il déployait de fermeté pour le combattre. Mais ses efforts étaient au-dessus des forces de son âge : il avait à peine dix-neuf ans, et déjà le chagrin avait creusé ses joues, flétri la fleur de sa jeunesse, et l'avait vieilli de dix ans. Son caractère s'aigrit, et une mélancolie profonde s'empara de son cœur.

C'est peut-être à cette époque de sa vie qu'il faut chercher le secret de cette sombre mélancolie qui a toujours guidé ses pinceaux. Les premières impres- sions sont profondes et durables : livré à toutes les horreurs de l'indigence, que la dispersion de sa famille devait lui rendre encore plus affreuse, son âme se replia sur elle-même, elle s'abreuva de dégoûts et d'amertume; et dès lors son imagination prit cette teinte sauvage qu'il répandit ensuite dans toutes ses productions.

Ni les angoisses dont son âme était déchirée, ni les souffrances matérielles causées par les privations, ne ralentissaient son ardeur pour le travail. C'était là, au contraire, sa seule consolation, sa seule distraction à ses ennuis; en même temps qu'il y trouvait en quelque sorte un amer plaisir d'exhaler les sentiments pénibles dont son cœur était affecté, au moyen de ce caractère sombre qu'il donnait à ses ouvrages.

Le nouveau caractère que prit son talent jeta dans ses œuvres une certaine originalité qui frappa l'attention d'un nommé Jacobo, l'un des principaux marchands de tableaux établis

2*

dans la rue de Tolède. Il était juif d'origine, comme l'indique son nom ; mais il était depuis longtemps converti au catholicisme, ce qui lui avait valu la clientèle d'une partie du clergé et de la noblesse napolitaine. Sa conversion était-elle bien sincère, ou n'était-elle qu'une spéculation ? c'est ce que nous ne nous permettrons pas de décider ; seulement nous ferons observer que s'il fréquentait assidûment les églises, et s'il remplissait avec régularité, du moins en apparence, les devoirs du chrétien, il n'en apportait pas moins dans ses relations commerciales toute l'astuce, ou plutôt toute la fourberie qu'on a souvent reprochée aux gens de sa race.

Salvator avait eu plusieurs fois affaire à Jacobo, et c'était de tous ses marchands de tableaux celui qui s'était montré le plus tenace, le plus rusé, le moins pourvu de bonne foi. Depuis longtemps il avait cessé toute relation avec cet homme; aussi ne fut-il pas peu surpris lorsqu'un jour il le vit entrer dans son atelier, tenant sous son bras un cadre enveloppé d'une toile.

« Vous devenez bien rare, monsieur Rosa, dit-il d'un air aimable en abordant l'artiste, et puisque vous ne venez plus me voir, force m'est de venir vous trouver.

— Il me semblait, signor Jacobo, que d'après ce qui s'était passé entre nous la dernière fois que j'ai été chez vous, vous ne deviez pas être surpris de la rareté de mes visites.

— Bah! des enfantillages, monsieur Rosa; vous êtes jeune, et vous n'êtes pas encore versé dans les affaires.

— Il est vrai que je ne les entends pas de la même manière que vous, et c'est ce qui fait que j'ai cessé de vous présenter mes tableaux à acheter.

— Vous avez eu tort, monsieur Rosa;

si je me suis montré quelquefois difficile pour l'acquisition de certaines de
vos œuvres, c'est que je ne pré-
.voyais pas en trouver sitôt le place-
ment, et vous pensez bien qu'un marchand n'aime pas à voir dormir ses
capitaux dans le fond de son magasin.
Mais laissons le passé, et maintenant,
si vous le voulez, j'ai à vous proposer
une affaire qui est on ne peut plus
avantageuse.

— De quoi s'agit-il, maître Jacobo? »
Le marchand plaça aussitôt sur un
chevalet le cadre qu'il portait sous son
bras, et ôtant l'enveloppe qui le cou-
vrait: « Voilà, dit-il, un tableau qu'un
seigneur étranger, de passage à Naples,
désire m'acheter; seulement, comme les
couleurs en sont passablement effacées,
il voudrait qu'il fût restauré et en quelque sorte remis à neuf. Pourriez-vous
vous charger de ce travail, qui serait
bien payé?

— Je n'entends rien à restaurer les tableaux; il y a des gens qui font ce métier, et que vous connaissez mieux que moi; c'est à eux qu'il faut vous adresser.

— Je me serais bien adressé à eux, en effet, s'il ne s'était agi que de rentoiler le tableau et d'en raviver les couleurs; mais il y a des parties entièrement effacées, et il faut une main d'artiste pour les rétablir convenablement. Or comme ce tableau est, ou plutôt était un paysage qui se rapproche un peu de votre genre, j'ai pensé que vous pourriez, mieux que personne, vous charger de cette opération, qui, je vous le répète, vous serait grassement payée.

— Non, encore une fois, je ne puis me charger de cette besogne, que je n'exécuterais peut-être pas convenablement, et qui me coûterait plus de temps et presque autant de travail que pour faire un tableau neuf.

— C'est vraiment dommage, reprit Jacobo d'un air contrarié, et je ne sais que répondre à mon étranger quand il se présentera pour avoir son tableau... Si au moins j'avais à lui offrir quelque chose du même genre, car il paraît qu'il est fou des paysages, je pourrais le faire patienter... et tenez, voilà un tableau qui est juste de même dimension que le mien; je suis persuadé que si je le lui présentais, il me l'achèterait. Voulez-vous me le confier jusqu'à demain?

— Maître Jacobo, vous me l'avez dit souvent vous-même : les affaires sont les affaires. Ce tableau ne sortira de mon atelier que contre de l'argent comptant.

— Hé! hé! monsieur Rosa, c'est vous qui devenez défiant et difficile en affaires.

— J'ai été payé pour cela.

— Voyons, combien voulez-vous de votre tableau?

— Douze ducats d'argent. (Environ cinquante-six francs de notre monnaie.)

— Douze ducats! c'est tout au plus si je puis le vendre la moitié. »

Bref, après une discussion qui dura encore assez longtemps, ils finirent par tomber d'accord, et Jacobo emporta le tableau moyennant huit ducats qu'il compta à Salvator.

Quelques jours après, Jacobo revint trouver Salvator, et lui dit que son amateur n'avait pas voulu acheter son tableau, mais qu'il avait trouvé à le placer chez un autre qui désirait avoir le pendant. Salvator montra au marchand un tableau qu'il achevait en ce moment, et que notre juif paya le même prix que le précédent. La semaine suivante, Jacobo fit une nouvelle commande à Salvator, en lui proposant d'acheter tous les ouvrages qu'il ferait, à raison de dix ducats d'argent, mais à condition qu'il ne travaillerait que pour lui seul, et ne ferait rien pour ses confrères. Salvator ne voulut pas prendre cet engagement; seulement il lui donna sa parole d'honneur de faire pour lui de suite, et sans s'occuper d'autre chose, une dizaine de tableaux de la même dimension que les derniers qu'il lui avait vendus, au prix de dix ducats d'argent.

Ce travail, auquel il se livra avec son ardeur accoutumée, lui donna, non pas l'aisance, mais un peu plus de facilité dans son existence. Rien n'annonçait qu'elle dût être un jour plus douce, lorsque l'incident que nous allons raconter dans le chapitre suivant vint raviver son espérance, et ouvrir de nouveaux horizons à son avenir.

CHAPITRE IV

Premier et deuxième voyage à Rome.

A cette époque était arrivé à Naples un habile peintre de l'école bolonaise, Jean Lanfranc, de Parme, élève des Carrache, et qui s'était déjà rendu célèbre par des travaux du premier ordre, entre autres sa grande composition de Saint-André *della Valle*, travail qui fait époque dans l'art. Il avait été attiré à Naples par les offres des pères jésuites, qui le chargèrent de peindre la coupole de leur église du *Gesù nuovo*, com-

position digne de celle de Saint-André,
et qui excite encore aujourd'hui l'admi-
ration des connaisseurs, de même que
la coupole du trésor de Saint-Janvier,
qu'il peignit plus tard.

Des travaux d'une si grande impor-
tance nécessitèrent pour Lanfranc un
long séjour dans la ville de Naples.
Pendant ses moments de loisir, il par-
courait les rues et les environs, visitait
les monuments, et recherchait tout ce
qui pouvait exciter sa curiosité. Un
jour, en suivant la rue de Tolède, il
s'arrêta devant la boutique d'un marchand de tableaux, et fut frappé de la
beauté de quelques-uns de ceux qu'on
y avait étalés; il s'arrêta à les considé-
rer; et ce qui l'étonna le plus, c'est
de lire un nom inconnu au pied d'aussi
beaux ouvrages. Il ne fut avare ni d'argent ni d'éloges; et il emporta ces tableaux en témoignant le désir d'en connaître l'auteur.

Cet auteur, nos lecteurs l'ont déjà
deviné, c'était Salvator Rosa, et le marchand n'était autre que Jacobo, qui
avait autrefois acheté ces tableaux à vil
prix à notre jeune artiste.

Tant de générosité et d'éloges de la
part d'un si grand maître réveilla la
cupidité de Jacobo, et il résolut de se
procurer le plus qu'il pourrait des productions du jeune artiste, qu'il regardait naguère avec indifférence et dédain. C'est ce qui le détermina à aller
le trouver, comme nous l'avons vu, et
à entrer de nouveau en relation avec
lui, mais sans lui parler de la visite de
Lanfranc. D'un autre côté, lorsque celui-ci avait témoigné le désir de connaître l'auteur des tableaux qu'il ache-
tait, Jacobo avait répondu qu'il ne le
connaissait pas lui-même; que c'était
par un intermédiaire qu'il communi-
quait avec lui; qu'il avait seulement
des raisons de soupçonner que la si-

gnature apposée au bas de ces tableaux
était un pseudonyme sous lequel se
cachait un amateur appartenant à une
bonne famille, et qui ne voulait pas
que l'on sût qu'il faisait des tableaux
pour les vendre. — Lanfranc n'en avait
pas demandé davantage. — Par ce
double manège, Jacobo espérait, au
moins pendant le séjour de Lanfranc
à Naples, qu'il supposait devoir être de
peu de durée, empêcher entre le jeune
artiste et le peintre déjà illustre un rap-
prochement qui eût nui à ses intérêts;
car son entremise serait devenue inu-
tile, et d'un autre côté Salvator, voyant
ses ouvrages recevoir l'approbation
d'un tel maître, en aurait exigé un prix
beaucoup plus élevé.

Cette combinaison eût pu réussir
d'autant plus facilement que Salvator,
retiré dans son atelier, ne voyait personne, et, loin de chercher à se produire, semblait fuir le monde et la

société ; de sorte qu'il était personnel-
lement inconnu dans toute la ville de
Naples, à l'exception de quelques marchands de tableaux avec qui il avait eu
affaire. De son côté, Lanfranc, n'ayant
aucune raison de suspecter la vérité du
récit que lui avait fait Jacobo, ache-
tait les tableaux qu'il lui vendait, sans
pousser plus loin ses investigations sur
le peintre qui les avait composés.

La jalousie d'un confrère déjoua le
plan de Jacobo. Il avait appris que celui-ci avait vendu, à un prix très élevé,
quelques tableaux de Salvator Rosa à
un peintre étranger de passage à Naples. Aussitôt notre homme, qui possédait plusieurs œuvres de notre jeune
artiste, courut les offrir à Lanfranc.
Celui-ci consentit à les acheter, en ré-
pétant la question qu'il avait adressée à
Jacobo sur leur auteur. « Comment !
s'écria le marchand, Jacobo ne vous
l'a pas fait connaître ? » Lanfranc lui

redit la réponse que lui avait faite ce
brocanteur. « O l'infâme juif! s'écria
de nouveau le marchand. Il le connaît
comme moi, c'est un jeune homme
rempli de talent et qui est dans la dernière misère; si vous voulez, je vous
conduirai chez lui. »

Lanfranc accepta cette offre, et se
rendit aussitôt avec son guide chez Salvator. La connaissance fut bientôt faite,
et l'intimité s'établit promptement entre les deux artistes.

« Savez-vous, dit Lanfranc, qu'il y a
en vous l'étoffe d'un grand peintre?

— Modestie à part, répondit Salvator
avec un sourire plein d'amertume, j'ai
toujours eu cette pensée; malheureusement je crains bien que l'étoffe ne soit
usée avant que le grand peintre ait pu
se produire.

— Et pourquoi ces tristes pressenti-
ments? Je conviens que si vous continuez à rester ici dans l'obscurité, votre

talent n'acquerra pas tout le développement dont il est susceptible. Il vous faut aller à Rome : c'est là le siège des arts, le rendez-vous des grands maîtres, et c'est là seulement que vous pourrez vous perfectionner et parvenir au rang distingué auquel vous avez droit d'aspirer.

— Aller à Rome ! répéta Salvator avec un soupir : oh ! c'est là le rêve de toute ma vie ; mais comment entreprendre ce voyage et séjourner dans cette ville ? » Et en disant ces mots, ses regards se promenaient autour de sa demeure comme pour en montrer le dénuement.

« Je vous comprends, répondit Lanfranc, et si j'étais assez riche, je n'hésiterais pas à vous faire les avances nécessaires pour entreprendre un pareil voyage ; mais si je ne puis vous aider de ma bourse, je le ferai d'une autre manière, qui sans doute vous conviendra mieux. Continuez, mon ami, à travailler avec courage ; j'espère que je trouverai le moyen de placer vos tableaux plus avantageusement que vous ne l'avez fait jusqu'ici, et de vous procurer ainsi les ressources qui vous manquent pour achever votre éducation artistique. »

Salvator le remercia chaleureusement, et l'assura d'une reconnaissance sans bornes.

Lanfranc tint parole : il fit partout et en toute occasion l'éloge de son jeune protégé. Les ignorants, qui attendent toujours qu'un connaisseur se prononce pour avoir eux-mêmes une opinion sur les œuvres de l'art, entendant les louanges que Lanfranc donnait aux talents de Salvator, et sachant qu'il avait acheté plusieurs de ses tableaux, trouvèrent effectivement que notre jeune artiste était doué d'un mérite réel. Dès ce moment, on rechercha les productions de son pinceau, et on ne laissa plus ses œuvres exposées dans les rues à côté des vieux meubles et des vieux habits. On vint les chercher jusque dans son atelier, et une aisance relative succéda à la profonde misère dans laquelle il avait vécu jusque-là.

Au bout de six mois il avait amassé un petit pécule, mais qui eût été encore insuffisant pour sa grande entreprise, lorsqu'un élève de Falcone, dont Salvator corrigeait les dessins, et qui avait un goût prononcé pour les arts, lui proposa de l'accompagner à Rome, s'engageant à supporter les frais du voyage. Salvator accepta cette offre avec transport.

Il venait d'atteindre sa vingtième année lorsqu'il quitta pour la première fois son pays, et se trouva en présence des restes imposants de la grandeur des anciens et des chefs-d'œuvre du génie des modernes : son âme s'agran-

dit sur ces vastes proportions. Dévoré
par le désir de tout voir, il endurait
les privations de toute espèce pour satisfaire sa curiosité. Les journées n'é-
taient pas assez longues ni ses courses
assez multipliées pour qu'il pût exa-
miner tant de monuments entassés
dans la ville éternelle. Mais la fatigue
qu'il éprouva, et les chaleurs exces-
sives de l'été, enflammèrent son sang,
et déterminèrent une de ces fièvres
aussi fréquentes que dangereuses sous
le climat de Rome pendant les ardeurs
de la canicule. Forcé de suspendre ses
promenades et de garder la chambre,
au milieu des souffrances et des privations, son talent poétique se réveilla.
C'est alors qu'il composa une cantate,
dont nous croyons devoir rapporter un
extrait, tant elle est profondément triste
et touchante, en faisant toutefois observer à nos lecteurs que la traduction que nous allons reproduire est

loin de donner une idée de l'original.

« Point de trêve avec le souci! point de relâche à la douleur! La fortune, toujours mon ennemie, semble avoir oublié que je vis, que je sens dans chacun de mes membres des nerfs, des muscles; que j'ai un esprit, des artères, un cœur; que je frémis et souffre dans chaque pore.

« Dès le premier soupir que j'exhalai en cette vie, je fus en butte aux éternelles injures du sort. Soumis à de rudes travaux, sans récompense, j'ai courtisé les arts, mais en vain; car, tandis que je m'attache à un lointain espoir, je puis à peine gagner mon pain journalier.

« Pour moi, vainement le soleil brille, et la terre fertile donne du blé et du vin.

« Si je lance à la mer ma barque fragile, la tempête vient m'assaillir; si pour sécher mes voiles je les déploie, le ciel envoie un nouveau déluge.

« Si j'allais chercher ces campagnes de l'Inde où les sables sont semés d'or, sans doute, pour prix de mes peines, je trouverais cet or transformé en plomb:

« Éveillé, mes pensées sont amères; endormi, mes rêves sont des châteaux en l'air et d'affreux cauchemars.

« Ma richesse est seulement en espérances, et quand elles seront toutes évanouies, un hôpital me réserve le lit de l'indigence.

« O douleur! cependant, et moi aussi je suis peintre! Ne pourrai-je donc trouver une riante couleur pour raviver la teinte sombre d'une vie où tout est effort, malheur et combat!

« Des voix amies me crient encore: « Espère, travaille... » Toujours espérer et toujours mourir de faim, voilà quel a été mon sort depuis que j'existe!

« Le plus sûr chemin de la faveur est de cacher le sentiment de sa supériorité.

« Mieux cent fois vaudrait achever son destin, et dormir dans la tombe avec les dons maudits de l'esprit!...

« O mon Dieu! soutenez-moi pour que je ne m'abandonne pas au désespoir. En vous seul désormais je mettrai mon espérance, et elle ne sera point trompée. »

Cependant la force de la jeunesse et de son tempérament le fit triompher du mal; mais dès qu'il fut entré en convalescence, son médecin lui déclara qu'il ne pourrait se rétablir complètement qu'en allant respirer l'air natal, et que s'il s'obstinait pour le moment à rester à Rome, le séjour de cette ville compromettrait sa vie.

Force lui fut donc de retourner à Naples, et de venir s'asseoir tristement à son foyer, où il ne trouva que des souvenirs douloureux pour lui.

Cependant sa santé se rétablit peu à peu, et, dès qu'elle fut un peu raffer-

mie, il reparut dans l'atelier de son
ami Falcone, où il s'adonna presque
exclusivement à peindre des batailles.
C'est de tous les genres celui qu'il
affectionnait davantage : il pouvait y
déployer avec aisance l'énergique et ori-
ginale âpreté de son caractère : la chaleur de ses compositions, la fermeté de
son pinceau, la disposition savante de
ses groupes, lui assignent un rang supérieur parmi ses rivaux. Ses œuvres
furent goûtées, sinon appréciées à leur
juste valeur, et la misère s'éloigna enfin.

Il passa environ trois à quatre ans à
ces travaux, qui profitèrent plus à son
talent qu'à sa fortune; mais l'image de
Rome venait souvent s'offrir à son esprit; elle se mêlait à toutes ses pensées,
elle était le but de toute son ambition.
Le peu qu'il en avait vu ne faisait que
lui rendre plus ardent le désir d'en admirer le reste. Cependant l'embarras
pécuniaire était toujours l'obstacle qui

se dressait contre l'accomplissement de ce désir. Sans doute il avait à sa disposition une somme plus forte que lors de son premier voyage; mais l'expérience lui avait appris combien cette somme serait encore insuffisante pour le faire vivre convenablement dans la capitale des arts et du monde chrétien. Lanfranc, son ancien protecteur, à qui il s'adressa dans cette circonstance, l'encouragea dans ses idées; et, pour assurer son existence à Rome, il lui proposa de le faire entrer, suivant les usages du temps, dans la maison d'un prince de l'Église, le cardinal Brancaccio, qui était un grand ami des arts.

Salvator accepta cette proposition, après s'être toutefois assuré que son admission au nombre des *attachés* à la maison du cardinal ne gênerait en rien sa liberté.

Le voilà donc revenu à Rome pour la seconde fois. Son talent avait grandi

avec l'âge (il avait alors environ vingt-
trois ans); cette fois il observa avec
moins d'enthousiasme peut-être, mais
avec plus de profit : il pouvait se
rendre compte de tous les objets, et
relever les beautés et les défauts de
chaque maître, en rapprochant leurs
ouvrages. Génie neuf et indépendant, il
dédaigna de suivre les traces des autres : à une époque où la peinture
comptait très peu de modèles, et offrait
un très grand nombre d'imitateurs,
il sut imprimer à son style un cachet
tellement original, que les yeux les
moins exercés sont en état de le reconnaître. Dans ses paysages, par exem-
ple, il écarta de ses tableaux ces beaux
chênes, ces riches péristyles, ces bril-
lants épisodes mythologiques, ces heureux détails de la vie champêtre, que
la riante imagination des Lorrain et
des Poussin avait introduits dans leurs
compositions. Il les remplaça par quel-

ques vieux troncs sillonnés par la foudre, combattant contre la fureur des autans, se brisant sous les coups redoublés de la tempête; par d'arides déserts, de tristes rochers, des sites d'un aspect sauvage et lugubre, qui jettent l'âme dans la plus profonde rêverie.

Son talent avait pris un grand essor; mais une vie dépendante, telle que la sienne, était exposée à toutes les fluctuations qu'une existence trop bornée fait éprouver dans le monde. Le cardinal Brancaccio, dans la maison duquel il vivait, fut nommé évêque de Viterbe, et se disposa bientôt à aller résider dans son évêché. Cet événement forçait Salvator, s'il ne voulait pas quitter Rome, à se priver d'un puissant appui, et le replaçait dans la position où il s'était trouvé lors de son premier voyage. Il aima mieux grossir le cortège d'un prince de l'Église, dont la protection d'ailleurs ne pouvait être qu'honorable pour un artiste, que de courir de nouveau les chances d'un funeste avenir. Il n'eut pas lieu de s'en repentir; car le cardinal, qui jusque-là n'avait jamais employé son talent, le chargea de la décoration de son palais épiscopal. Satisfait de ce travail, il lui commanda un grand tableau pour l'église cathédrale de Viterbe.

C'était pour la première fois que son pinceau s'écartait des petites dimensions. Il fit choix d'un sujet dont tout autre peintre aurait été effrayé; il se proposa de représenter saint Thomas au moment où cet apôtre met le doigt dans les plaies de son maître, pour s'assurer de son identité et de sa résurrection. Il fallait donner au disciple de Jésus l'expression d'un homme qui passe de l'incrédulité la plus complète à la conviction la plus profonde; marquer sur ses traits cette nuance délicate qui se

forme entre l'esprit tourmenté par le
doute et l'âme soulagée par la foi ; il
fallait y fixer la trace fugitive de deux
sentiments si opposés, et qu'on devait
pourtant rapprocher sans les confondre.
Salvator triompha de toutes les difficultés ; et ce tableau, malgré quelques
défauts, est encore admiré aujourd'hui
comme un des plus beaux chefs-d'œuvre
de l'art chrétien.

On ne sait pas au juste ce qui dé-
goûta Salvator du séjour de Viterbe et
le décida à revenir à Naples. On suppose que c'est tout à la fois l'amour de
son pays et le désir de recouvrer sa
propre indépendance qui le firent re-
noncer à la protection que le cardinal
Brancaccio lui avait accordée, et le
ramenèrent dans les lieux témoins de
son enfance [1].

[1] Don Pedro de Angelis.

CHAPITRE V

Troisième voyage à Rome. — Succès.
— Retour à Naples.

Les différents biographes qui ont écrit la vie de Salvator Rosa, et que nous avons consultés, entre autres Baldinucci et Passeri, ses contemporains, pas plus que Pascoli, Salvini et autres écrivains postérieurs, ne nous parlent plus de sa famille depuis son premier voyage à Rome. Sa mère, ses frères, ses sœurs vivaient-ils encore, ou étaient-ils dans une position qui

leur permettait de ne pas user des
secours qu'aurait pu leur donner Salvator? Ces détails nous font absolument
défaut; seulement nous devons penser
que Salvator, qui s'était toujours montré si bon fils et si bon frère, n'a man-
qué en aucune occasion aux devoirs de
la famille; ce n'est là, il est vrai, qu'une
conjecture, et nous aimerions mieux
avoir de ses biographes une affirmation
précise; mais il est bon de remarquer
que l'on ne peut pas tirer de leur silence une conclusion contre la piété
filiale de Salvator. Ces écrivains ne
s'occupent guère que de sa vie artistique, de ses progrès, de ses succès,
de ses contrariétés comme peintre, et
ils négligent de nous entretenir de
l'homme privé et de ses relations de
famille. Après ces observations qui
nous ont paru nécessaires, continuons
notre récit.

Salvator espérait, en revenant à

Naples après une absence de quatre ans, qu'il y serait accueilli avec une faveur marquée. Mais un proverbe dit que les absents ont tort, et il éprouva la vérité de cet adage vulgaire. Son ancien protecteur, Lanfranc, avait été forcé de fuir devant les menaces de Ribera, de Corenzio et de Caraccioli, espèce de triumvirat qui s'était formé pour bannir de Naples tous les talents, et pour accaparer à leur profit et en faveur de leurs amis tous les travaux d'art. Annibal Carrache, le Guide, le Dominiquin avaient été obligés, comme Lanfranc, de céder à l'influence des triumvirs et de s'éloigner de Naples. Salvator n'avait rien à craindre de ce trio persécuteur : son mérite était trop peu apprécié pour pouvoir leur porter ombrage ; mais ce fut ce mépris même qui l'indisposa. Personne ne faisait attention à ses ouvrages, tandis que les tableaux, ou plutôt les croûtes

de minces artistes, favoris des triumvirs, étaient prônés par eux et trouvaient des acheteurs. Il prit de l'humeur
contre un pays où ses affections avaient
été aussi blessées que son amour-propre
était peu satisfait; il revint à Rome, où
il trouva d'autres causes qui s'oppo-
saient à son avancement dans le
monde.

C'était en 1639, époque où cette ville
fourmillait de grands artistes; le génie des Carraches [1] l'avait peuplée
de peintres qui en occupaient toutes
les avenues. Le Dominiquin [2], le

---

[1] Les Carraches sont Louis, Augustin et Annibal. Le
premier, né à Bologne en 1554, fut élève du Tintoret et
maître d'Augustin et d'Annibal Carrache, ses deux cou-
sins. Ces derniers, Annibal surtout, ont porté au plus
haut point la gloire de l'école de Bologne et formé de
nombreux élèves.

[2] Domenico Zampieri, dit le Dominiquin, était fils
d'un cordonnier de Bologne. Il se forma à l'école des Carraches, à Bologne, avec l'Albane, son ami, puis se rendit
à Rome. On lui a refusé l'invention; mais il s'est placé,
par son dessin exact et expressif, par son coloris vrai,
au premier rang, après Raphael, le Corrège et le Titien.

Guide [1], l'Albane [2], le Guerchin [3], Lanfranc [4], tous élèves distingués de l'école de Bologne, se confondaient avec les noms les plus illustres des écoles étrangères, tels que les Pous-

[1] Guido Reni, dit *le Guide*, né à Bologne en 1575, mort en 1642, fut élève des Carraches. Il eut pour protecteur le pape Paul V, qui l'appela à Rome, lorsque sa réputation de grand peintre était déjà bien établie. Les qualités qui distinguent généralement les productions du Guide sont la richesse de la composition, la correction du dessin, la grâce et la noblesse de l'expression, la fraîcheur du coloris.

[2] François Albani, dit *l'Albane*, compatriote, ami, condisciple du Dominiquin et du Guide, a été surnommé *le peintre des Grâces, l'Anacréon de la peinture*. Il excelle surtout dans les peintures gracieuses, comme celles de femmes, d'anges et d'enfants. On lui reproche un peu de mollesse et de monotonie.

[3] Jean-François Barbieri, connu seulement sous le surnom de *le Guerchin*, qui signifie *le louche*, et qui lui fut donné à cause du strabisme dont il était affecté, quoiqu'il soit complé comme faisant partie de l'école de Bologne, parce qu'il était né à Cento près de cette ville, se forma seul et travailla prodigieusement. On connaît de lui plus de deux cent cinquante grands tableaux. On admire dans ses œuvres la force du coloris et le talent avec lequel il imitait la nature et faisait illusion aux yeux. Il était d'une piété fervente, et il a surtout traité des sujets religieux.

[4] Voir ce que nous avons dit de lui dans le 2e chapitre.

sin [1], Vouet [2], Cláude Lorrain [3], Rubens [4], Van-Dyck [5], etc. D'un autre côté,

[1] Nicolas Poussin, chef de l'ancienne école française de
peinture, né aux Andelys en 1594, après avoir été élève de
Lallemant à Paris, fit le voyage de Rome, où des études
sévères et la pratique constante de l'art mûrirent son talent et le portèrent à la perfection. Il jouissait déjà d'une
grande réputation à Rome, lorsque Louis XIII l'invita à
rentrer en France : il y revint en 1640, et reçut le titre
de premier peintre du roi, avec une pension de 3,000 fr.

[2] Simon Vouet, peintre français, né à Paris en 1582,
se fit, très jeune encore, une grande réputation comme
peintre de portraits. A Rome, il a travaillé pour le pape
Urbain VIII à l'embellissement des églises Saint-Pierre et
Saint-Laurent. C'est à son école que se sont formés Le-
brun, Lesueur, Mignard et Dufresnoy. Ses chefs-d'œuvre
sont une *Salutation angélique* et une *Présentation au
temple*. (Ce dernier tableau est au Louvre.)

[3] Claude Gelée, dit *le Lorrain*, parce qu'il était né en
Lorraine, à Château-le-Chamage (en 1600), excella surtout
dans le paysage et les marines. Il alla se former en Italie,
revint en 1625 dans son pays, embellit de ses ouvrages
l'église des Carmélites de Nancy, et retourna bientôt à Rome,
où il passa le reste de sa vie. Il y dirigea pendant plus de
vingt ans une école d'où sont sortis des peintres distingués.

[4] P.-Paul Rubens, célèbre peintre flamand, né à An-
vers, en 1577, d'une famille noble et aisée, fut d'abord
destiné à la magistrature ; mais son goût l'entraîna vers la
peinture, et, après avoir étudié sous Otto Vænius, il visita
l'Italie et séjourna successivement à Rome, à Florence,
à Mantoue, à Gênes. Marie de Médicis l'appela à Paris,
où il orna de ses peintures le palais du Luxembourg.

[5] Van Dyck (Antoine), peintre de l'école flamande,

Pietro de Cortone [1] y soutenait lui seul
l'honneur de l'école florentine, et il
éblouissait par l'abondance de ses pensées et la prodigieuse variété de ses
compositions. Jamais, depuis le grand
siècle de Léon X, la capitale du monde
chrétien n'avait vu une plus nombreuse
réunion d'artistes ; ils avaient rempli
Rome de leurs merveilles, et le monde
de leur renommée.

Comment un jeune homme de vingt-
cinq ans, encore inconnu, pouvait-il
espérer se faire jour au milieu de tant
de célébrités, et prendre rang parmi

élève de Rubens, voyagea en Hollande, en Italie, en
France et en Angleterre, où il se fixa. Il travaillait avec
une extrême facilité, et a produit un grand nombre d'ouvrages. On regarde comme un de ses chefs-d'œuvre le
Saint Sébastien qui est au musée du Louvre.

[1] Pietro Berettini, dit *Pietro de Cortone*, parce qu'il
était né dans cette ville de Toscane, se créa un genre à
part par la hardiesse de ses conceptions : il décora plusieurs chapelles à Rome, ainsi que le palais Barberini;
puis il vint à Florence, où il peignit les plafonds du palais
Pitti. On voit de lui au Louvre plusieurs tableaux, entre
autres *la Nativité de la Vierge* et *Sainte Catherine.*

elles? Il y avait de l'audace à une pareille entreprise, et cependant Salvator osa la tenter. Il essaya d'abord une lutte directe; mais il reconnut bientôt l'inutilité de ses efforts; quel que fût son talent, il ne pouvait pas lutter contre des réputations aussi solidement établies : les hommes ont de la peine à se détacher des idoles qu'ils se sont créées, pour suivre les pas timides et encore incertains d'un génie naissant.

Salvator, avec la sagacité qui le distinguait, comprit toute l'étendue des difficultés qui se dressaient devant lui; et, au lieu de les combattre de front, il jugea plus facile de les tourner. Ne pouvant attirer l'attention sur lui comme peintre, il chercha à l'exciter et à la fixer d'une autre manière. Le carnaval, qui avait lieu en ce moment à Rome, lui fournit l'occasion qu'il cherchait.

On sait ce qu'était la splendeur de
ces fêtes dans les principales villes de
l'Italie, à Venise, à Florence, à Rome.
L'usage autorisait chacun à se déguiser
pendant ce temps, et à lancer des épi-
grammes et des bons mots sur les pas-
sants; c'était une débauche d'esprit,
mais il en fallait beaucoup et du meilleur pour obtenir un véritable succès.
Salvator, qui ne manquait ni d'originalité ni d'audace, profita de l'usage
établi pour chercher, dans une farce de
carnaval, à se faire une réputation.

Il se déguisa en marchand d'orviétan
sous le nom de *Formica* (la Fourmi),
prit le masque de *Coviello,* personnage
de théâtre bien connu, et parcourut
les divers quartiers de Rome en débi-
tant des remèdes et des ordonnances
pour toutes sortes de maladies; mais
c'étaient des infirmités de l'âme qu'il
s'agissait de guérir; il distribuait des
poudres et de prétendus élixirs pour

3*

guérir l'avarice, l'envie, la mauvaise
foi, la lâcheté, etc. etc.; ses remèdes
étaient les leçons les plus austères de
la morale, et les traits les plus mordants
de la satire lancés contre des personnages bien connus, affectés des maladies dont il promettait la guérison.

L'idée était neuve et piquante : elle
fit fortune. Le nouveau charlatan atti-
rait un grand concours de spectateurs :
partout où il s'arrêtait, un cercle de
curieux se formait autour de lui, pour
entendre ses consultations, et emporter
quelques-unes de ses recettes.

On intéresse facilement ceux qu'on
amuse : en peu de jours Salvator acquit
une célébrité que ses pinceaux n'avaient
pu lui obtenir. Enhardi par ce succès,
il rassembla une troupe de jeunes gens,
et débuta, dans le même rôle, sur un
théâtre de société, dressé dans une
maison de campagne, hors de la porte
du Peuple. Ces représentations étaient

suivies par tout ce que Rome renfermait alors de plus distingué ; et le jeu et les lazzi de *Formica* y enlevaient tous les suffrages. Les traits satiriques qu'il lança contre plusieurs grands personnages lui attirèrent de puissants ennemis ; mais il fit bonne contenance en repoussant les attaques de ses adversaires avec une verve et un esprit fin et délicat, qui mit les rieurs de son côté et augmenta le nombre de ses partisans.

C'est de ce moment que date la fortune de Salvator Rosa : on commença à le rechercher partout, à rendre justice à son mérite, à se disputer ses tableaux ; et ce furent ses succès comme acteur et comme auteur d'une farce de carnaval, qui commencèrent sa célébrité comme peintre. Il prit alors un rang plus élevé dans le monde ; il ouvrit sa maison à ses amis, et son atelier à ses nombreux admirateurs : on se pressait chez lui pour jouir de tant de talents réunis dans la même personne ; car il était à la fois peintre, poète, musicien et acteur.

Ce vif enthousiasme qu'il avait éveillé dans le public était soutenu par le grand nombre de tableaux qu'il achevait avec une étonnante facilité, et qui, recherchés partout, s'élevèrent promptement à un prix considérable. Bientôt le pauvre peintre de Renella, qui avait si longtemps lutté contre les étreintes de la misère et les angoisses de la faim, vit la fortune lui sourire, et l'abondance succéder chez lui à l'indigence extrême. En peu d'années il devint riche, opulent même, et, recueillant plus d'argent qu'il ne pouvait en dépenser, il le versait à pleines mains autour de lui comme pour se dédommager de toutes les privations qu'il avait endurées.

Il lui prit alors fantaisie de retourner

à Naples, où il se montra plutôt en grand seigneur qu'en artiste; il y fit un pompeux étalage de ses richesses, pour qu'on oubliât l'état de misère dans lequel il avait vécu. Mais bientôt un événement inattendu vint lui faire quitter ce rôle de grand seigneur, pour celui d'acteur politique, dans la terrible insurrection qui éclata alors à Naples. Quelques détails sur cette violente et courte révolte intéresseront sans doute nos jeunes lecteurs.

CHAPITRE VI

Épisode de Masaniello.

Le royaume des Deux-Siciles, sous le gouvernement des vice-rois espagnols, était accablé d'impôts. Les projets mal conçus de Philippe III et de Philippe IV, dont l'ambition excédait si fort les talents, l'insurrection de la Catalogne et du Portugal, donnèrent lieu à Naples à une nouvelle oppression. L'administration était confuse et embarrassée : une justice vénale, des magistrats concussionnaires, des nobles qui autorisaient le brigandage dans leurs fiefs, tels étaient les vices du gouvernement des Deux-Siciles. A Naples, toutes les denrées, les fruits même, qui formaient presque l'unique nourriture du peuple en été, se trouvaient soumis à la gabelle. Un sourd mécontentement fermentait dans la ville attristée; il ne manquait qu'une occasion pour faire éclater une explosion terrible. Bientôt cette occasion se présenta.

Parmi les marchands de fruits et de légumes, il y en avait un nommé Thomas Aniello, plus connu sous le nom de *Masaniello*; il était d'Amalfi, petite ville du golfe de Salerne, qui n'a aujourd'hui d'autre célébrité que l'excellence de ses macaroni, mais qui jadis produisit d'intrépides navigateurs, et le fameux Gioja, l'inventeur de la boussole.

Masaniello, tout à la fois pêcheur, marin et marchand de fruits et de

légumes, allait vendre ses denrées à
Naples. C'était un de ces hommes dont
l'énergie sauvage et l'éloquence véhé-
mente remuent les masses en parlant
aux passions. Le 7 juillet 1647, je ne sais
quelle fête avait attiré dans les rues
et sur les places de Naples un grand
concours de curieux. Masaniello se
présente au milieu de la foule, une
corbeille de fruits sur la tête; l'employé
du fisc s'avance pour prélever le droit:
Masaniello le repousse avec violence,
renverse sa corbeille, appelle le peuple
à son aide, et lui parle avec une éloquence naturelle qui l'entraîne. Il
termine sa harangue par ces mots:
*Point de gabelles! vive le roi d'Espagne!
et meure le mauvais gouvernement du
duc d'Arcos!* La foule électrisée répète
les mêmes cris avec enthousiasme,
proclame Masaniello son chef, et jure
de le suivre partout où il voudra la
conduire. Masaniello entraîne aussitôt

la foule vers le palais du vice-roi, Ponce
de Léon, duc d'Arcos, pour s'emparer
de sa personne. Mais le duc s'était enfui
à l'approche des insurgés, et n'avait eu
que le temps de se réfugier au Château-
Neuf, l'une des principales forteresses
de la ville.

Encouragés par la fuite du vice-roi,
les révoltés, au nombre de cinquante
mille, et conduits par Masaniello, se
portent à tous les désordres dont est
capable une multitude déchaînée. Les
bureaux des fermes et des douanes sont
saccagés, les commis sont chassés à
coups de pierres. On ouvre les prisons
aux malfaiteurs; et la flamme dévore
les palais des principaux nobles, sans
que Masaniello permette à qui que ce
soit de rien enlever.

En vain le vice-roi envoya promettre
aux insurgés la suppression de tous
les impôts; le peuple, dirigé par son
chef, ne voulut pas se contenter d'une

simple promesse ; il exigea qu'on lui
remît l'original des privilèges accordés
par Charles-Quint.

On avait improvisé une espèce de
trône sur la place du grand marché.
Masaniello, dans son costume de pêcheur, s'y installa, tenant une épée nue
à la main en guise de sceptre. De là il
donnait des ordres qui devenaient aussitôt des lois pour cette multitude
furieuse. Comme il ne savait pas écrire,
il scellait ses décrets avec une plaque
de métal qu'il portait suspendue à son
cou.

Dès le second jour de l'insurrection,
il se vit à la tête de plus de deux cent
mille hommes, armés et organisés
comme par magie ; et le vice-roi se
trouva réduit à tout accorder par la
médiation du cardinal Filomarini, archevêque de Naples, qui lui-même
s'efforçait d'apaiser la sédition.

Ce prélat aurait peut-être réussi dès

les premiers moments, si le duc de
Monteleone, et son frère, le prince
Caraffa, n'eussent tenté de faire assas-
siner Masaniello. Mais cet homme
échappa, par une sorte de miracle,
aux bandits soldés par le duc et qui
tirèrent sur lui tandis qu'il haranguait
la foule assemblée devant l'église des
Carmes. Les assassins furent massacrés
à l'instant même, et leurs têtes plantées
sur des piques élevées autour de l'es-
trade où siégeait Masaniello. Le duc
de Monteleone se sauva; mais son frère
Caraffa fut pris et livré à la fureur du
peuple, qui le mit en pièces.

Échappé à un si grand danger, Masaniello devint encore plus puissant et
plus redoutable. Il rendit une ordon-
nance pour le désarmement des nobles,
et fit distribuer toutes les armes au peuple; il établit et maintint dans Naples
une justice rigoureuse, mais arbitraire;
et la multitude, qui le suivait, était si

aveuglément soumise, que par un geste seul il s'en faisait obéir.

Salvator était à Naples, comme nous l'avons dit, au moment où éclatait cette insurrection. Au premier moment, il ne crut pas le mouvement sérieux; mais quand il vit la marche de l'insurrection, il crut le moment arrivé de délivrer sa patrie du joug des Espagnols. Son ami Falcone venait de réunir la plupart des artistes napolitains, sous le nom de *compagnie de la mort,* pour venger le meurtre commis par un soldat espagnol sur la personne d'un de ses parents. Salvator s'enrôla comme simple volontaire dans cette compagnie, et ne fut pas un des moins remarqués par la puissance de son bras et par l'influence de sa parole. Grâce à son énergie, cette compagnie seconda bravement le mouvement populaire contre les efforts des troupes du vice-roi. Il se rapprocha du nouveau tribun, désirant tout à la fois le peindre gouvernant l'État, et administrant la justice dans le simple et pittoresque costume des pêcheurs d'Amalfi, et en même temps lui donner quelques conseils salutaires. Son tableau est resté et a immortalisé la figure de Masaniello; mais ses conseils ne furent pas écoutés, et furent impuissants à préserver le malheureux pêcheur de sa perte.

Masaniello avait consenti à traiter d'égal à égal avec le duc d'Arcos, en prenant pour intermédiaire l'archevêque de Naples. Quittant alors ses habits de pêcheur, il se couvrit d'or et d'argent, et, tenant son épée nue à la main, il se rendit, à la tête d'une cavalcade magnifique, auprès du vice-roi pour négocier le traité. Ce traité fut discuté et signé dans la grande église des Carmes, en présence du cardinal-archevêque. Masaniello, en qualité de

chef du peuple très fidèle, joua le premier rôle, corrigeant et modifiant à sa
volonté tous les articles sans que personne osât le contredire. Quand tout
eut été arrêté, Masaniello exigea le
serment du vice-roi; puis il harangua
le peuple, et déclara que, sa mission
étant finie, il voulait retourner à son
état de pêcheur. Alors il déchira ses
riches vêtements, et se jeta aux pieds
du vice-roi, qui le combla de marques
d'honneur et de respect. Le peuple
insista pour que Masaniello gardât
l'autorité; ses succès, sa gloire et les
applaudissements universels, mirent
le comble à son ivresse. Invité à un
grand repas, au palais du vice-roi, il
parut dès ce moment dans une espèce
de délire, soit qu'une fortune aussi
subite lui eût tourné la tête, soit que
le vice-roi lui eût fait prendre, comme
on le soupçonna, un philtre ou breu-
vage empoisonné. Ce qu'il y a de sûr,

c'est que, dès ce moment, il donna
des marques de folie, et qu'il devint
arrogant et féroce. Malgré l'extrava-
gance de cette conduite, le peuple lui
obéit encore quatre jours. Il ne fut pas
difficile alors au duc d'Arcos d'exciter
l'indignation contre lui ; et quatre assassins, payés par lui, le tuèrent à coups
de fusil dans l'église des Carmes, où il
s'était retiré.

Ainsi mourut Masaniello, à l'âge de
vingt-quatre ans ; sa vie politique avait
duré dix jours. Son caractère, bizarre
mélangé de désintéressement et de
cruauté, de grandeur et de brutalité,
offre un type historique des plus remar-
quables.

Son corps fut traîné dans les rues, et
on l'accabla d'outrages devant la foule
indifférente et immobile. Mais le lendemain, le même peuple reprit ses
premiers sentiments, plaignit son chef,
le regretta, et lui fit des funérailles

magnifiques. Quatre-vingt mille personnes suivirent le convoi. Le vice-roi lui-même y envoya ses pages, et fit rendre les honneurs militaires aux restes inanimés de ce chef populaire. La mémoire de Masaniello est encore populaire à Naples, et l'on retrouve dans presque toutes les maisons son portrait gravé d'après Salvator Rosa.

La chute de Masaniello compromit l'existence de l'école entière de peinture de Naples; l'approche de don Juan d'Autriche dispersa tous les artistes napolitains qui avaient à redouter la vengeance du vice-roi. Falcone se réfugia en France, et Salvator se hâta de retourner à Rome.

Il paraît que ce fut à cette occasion que ses ennemis accréditèrent le bruit mensonger que Salvator avait été associé à une bande de brigands des environs de Naples.

CHAPITRE VII

CONCLUSION

Coup d'œil sur quelques ouvrages de Salvator Rosa.

C'est toujours un spectacle digne d'inspirer l'intérêt, que celui d'un homme aux prises avec l'infortune, et finissant, à force de courage et de persévérance, par en triompher; mais combien ce spectacle nous frappe et nous émeut davantage quand nous voyons un jeune homme, presque un enfant, seul, sans appui, sans protection, lutter avec une indomptable énergie contre les plus cruelles souffrances de la misère, contre les difficultés de toute nature qui barrent sans cesse son chemin, franchir ces obstacles et arriver glorieusement au but qu'il s'était proposé d'atteindre ! Voilà le spectacle que nous offre la jeunesse de Salvator Rosa, que nous avons voulu mettre sous les yeux de nos jeunes lecteurs. Notre tâche pourrait donc s'arrêter ici, n'ayant pas eu l'intention, comme l'indique notre titre, de donner la biographie complète de ce grand artiste. Cependant nous croyons devoir compléter notre récit par un résumé succinct des événements les plus saillants du reste de sa vie, et par une appréciation sommaire de quelques-uns de ses principaux ouvrages.

Après la part qu'il avait prise à l'é-
chauffourée de Masaniello, Salvator
Rosa fut obligé, comme nous l'avons
dit, de revenir à Rome. Déjà il y
jouissait d'une réputation de bon
peintre; et il l'augmenta encore par
de nouveaux travaux, dont les sujets
révèlent la disposition d'esprit où il
dut se trouver après une si terrible
catastrophe. On y entrevoit ce profond
mépris, cette vive indignation contre
les vices des hommes et les crimes des
sociétés. C'est alors qu'il composa son
Démocrite insultant à la vanité humaine au milieu des tombeaux ruinés;
Prométhée enchaîné sur un rocher et
livré à des tourments éternels; *Socrate*
buvant la ciguë; *Regulus* enfermé dans
le tonneau; *Cadmus* semant les dents
du dragon; un tableau allégorique
représentant la fragilité humaine en-
tourée de ses emblèmes; *la Justice* se

dérobant à la terre ; *la Fortune* prodi-
guant aveuglément ses faveurs [1].

Ce dernier tableau faillit lui attirer
une terrible persécution ; car ses ennemis, et il n'en manquait pas, surtout parmi les artistes ses rivaux, pré-
tendirent y découvrir des allusions
outrageantes contre les personnages
les plus marquants de Rome, sans en
excepter le pape lui-même. Il se vit
obligé de se justifier de la pensée qu'on
lui attribuait ; et il eut besoin de tout
le zèle et le crédit de ses amis pour se
soustraire à l'ordre d'emprisonnement
déjà lancé contre lui.

Afin de se dérober à ces tracasseries,
qui se renouvelaient fréquemment, il
prit le parti de s'éloigner de Rome, et
d'aller à Florence, où une noble pro-

---

[1] Tous ces tableaux sont maintenant en Angleterre,
dans des galeries particulières, à l'exception du *Prométhée*, qui est dans la galerie du palais Spada, à Rome,
et du *Cadmus*, qui est dans la galerie du roi de Dane-
mark, à Copenhague.

tection lui était offerte par le cardinal
Jean-Charles de Médicis, frère du
grand-duc de Toscane. Sa renommée
comme peintre, et le charme de sa
conversation, attirèrent autour de lui
une foule d'admirateurs. Sa maison se
transforma en asile des plaisirs et du
goût : les plus beaux esprits de Florence en firent le rendez-vous de leurs
savantes assemblées. Les plus assidus
étaient Torricelli, le savant physicien,
l'inventeur du baromètre, l'élève et
l'ami de Galilée; Lorenzo Lippi, peintre
et poète comme Salvator; Viviani, célèbre géomètre, élève de Galilée et de
Torricelli ; un fils de Bandinelli, le
célèbre sculpteur; et un grand nombre
d'autres qu'il serait trop long de nom-
mer.

Sous le nom de *Percossi*, cette réunion
se forma en académie, où l'on passait
des discussions les plus profondes aux
amusements les plus frivoles. Salvator

sentit renaître son goût pour les spec-
tacles; et il prit part aux représentations qu'on donnait sur le théâtre
que le cardinal de Médicis avait fait
construire dans une de ses maisons de
plaisance. Il y jouait le rôle de *Pas-
cariello*, et il ne se fit pas moins ap-
plaudir que dans celui de *Formica*,
qu'il avait autrefois créé à Rome.

Mais il ne passait pas tout son temps
en amusements frivoles. Le grand-duc
le chargea de la décoration d'une
partie du palais Pitti, et il travailla
pour divers souverains et pour plusieurs
grands seigneurs toscans.

Il vivait aussi dans l'intimité des
Maffei de Volterra, et il allait passer,
chaque année, une partie de la belle
saison dans leurs campagnes de Mon-
terufoli et de Barbajano. Ce fut dans
ces charmantes solitudes qu'il composa ses satires sur la *Musique*, la
Poésie, la *Peinture* et la *Guerre*. Les

trois premières sont une espèce de trilogie, où l'auteur, en attaquant les corrupteurs du bon goût et des bonnes mœurs, développe spirituellement ses principes sur les arts qu'il cultivait. Il y a de la profondeur dans les expressions, de la verve dans la poésie; mais il s'y trouve aussi un grand abus d'érudition, et le style en est souvent ignoble. En général, on peut dire que Salvator a écrit ses satires, comme il a peint ses tableaux, se montrant plus occupé de la force du dessin que de la beauté du coloris.

Après dix ans de séjour à Florence, il prit la résolution de retourner à Rome, qu'il ne pouvait oublier. Le temps avait éteint ses ressentiments; mais ses ennemis lui avaient gardé leur rancune; ils ne lui pardonnaient pas ses nouveaux triomphes, et ils auraient voulu lui faire expier les anciens. Salvator avait alors atteint une trop

grande hauteur pour que leurs traits
envenimés pussent arriver jusqu'à lui.
Seulement, comme on affectait de
faire peu de cas de son talent en
peinture, et qu'on allait jusqu'à lui
contester celui de poète, il résolut de
répondre à cette double accusation de
la seule manière qui fût digne de lui.
Il composa un poème intitulé *l'Envie*,
dans lequel son génie brille de son plus
vif éclat. Il y décoche ses traits d'une
main plus hardie, il y reproduit le
tableau de la calomnie, attribué à
Apelles, et, dans cette description, il
se montre aussi bon poète que peintre.
C'est la dernière de ses satires, c'est
aussi la plus violente et la mieux faite.

Quant à ceux qui parlaient avec
dédain de son mérite comme peintre,
il leur ferma la bouche en exposant
trois chefs-d'œuvre qui excitèrent l'ad-
miration générale. Le premier était
son tableau de *Catilina;* le second, un

tableau d'autel pour la basilique de
Saint-Pierre, le troisième est le célèbre
tableau de bataille que le pape Inno-
cent X lui commanda pour l'offrir au
roi de France Louis XIV. Ce tableau,
qui est au Louvre, passe pour la plus
belle des *batailles* composées par Salvator Rosa. En voici la description :

« Le moment choisi pour le peintre
est celui où la victoire est disputée
avec le plus d'acharnement; c'est une
poignée de braves que la mort a épar-
gnés, et que les chances du combat
amènent dans un endroit solitaire. La
valeur et la vengeance animent ces
guerriers, pour qui le trépas est moins
redoutable qu'une défaite : ils occupent
le devant de la scène, jonché d'armes
et de cadavres. Les vainqueurs sont
mêlés aux vaincus; les mourants sont
mêlés avec les morts : le désordre est
partout, la confusion nulle part. Le
peintre a disposé ses groupes avec

intelligence, et chaque figure est placée
de manière à pouvoir se mouvoir facilement : elles déploient une vie et une
activité extraordinaires. Les restes d'un
temple récemment détruit s'élèvent sur
la droite, comme pour attester les fu-
nestes effets de la guerre. Les plans
éloignés retracent la fin de l'action,
dont chaque épisode est une partie
essentielle du sujet. D'un côté sont
dressées les tentes des vainqueurs, de
l'autre on voit fuir les débris de l'armée
vaincue. La mort plane partout, et le
soldat, dans sa fureur, ne respecte ni
les temples ni les paisibles demeures
des bergers. L'incendie d'une flotte
qu'on voit brûler dans le lointain ajoute
à l'horreur de cette scène : ce qui n'a
pu tomber sous le fer est dévoré par les
flammes, et le vent disperse du même
souffle les cendres des chaumières et
celles des vaisseaux. »

Si le pape, en commandant cette

œuvre à Salvator Rosa, a eu la pensée,
ce qui n'a rien d'invraisemblable, d'inspirer au prince à qui elle était adressée une salutaire horreur de la guerre,
il était difficile de mieux saisir l'intention du souverain pontife que ne l'a
fait l'éminent artiste. Malheureusement
le roi ne fit qu'admirer la composition
du peintre, et il tint peu compte de la
leçon que voulait lui donner le père des
fidèles, si toutefois il la comprit.

Ce tableau fut exposé à Rome avant
d'être envoyé à Louis XIV; il y obtint
le plus grand succès, et commença
pour Salvator une nouvelle ère de
gloire, qui ne finit qu'avec sa vie. Dès
lors il ne quitta plus la capitale du
monde chrétien, si ce n'est pour une
course qu'il fit en Toscane (1661), pour
revoir ses amis, et prendre part aux
fêtes du mariage de Côme de Médicis,
fils et héritier du grand-duc Ferdinand, avec Marguerite d'Orléans. Le

grand-duc, Ferdinand II, au nom duquel l'invitation lui en avait été faite, aurait voulu le retenir à sa cour; mais Salvator repoussa toutes les offres, aimant trop sa liberté pour s'engager au service d'un prince.

Il revint donc à Rome, et ce fut alors que son pinceau produisit ses plus beaux chefs - d'œuvre. Nous citerons entre autres *l'Ombre de Pythagore*, reparaissant au milieu de ses disciples, après avoir conversé avec les ombres d'Hésiode et d'Homère; une autre composition, représentant le même philosophe achetant de quelques pêcheurs le droit de rendre la liberté à leur proie. Ces deux tableaux appartiennent à une famille anglaise ou écossaise du nom de Tracy, dont une branche est établie en France depuis la chute des Stuarts. *Catilina redemandant à ses complices le serment fatal;* ce tableau est dans la galerie du palais Pitti de Florence.

Deux Martyrs sur le bûcher, au moment où un miracle les sauve du trépas; on voit ce tableau dans l'église Saint-Jean des Florentins, à Rome. Enfin *la Pythonisse d'Endor,* évoquant le spectre de Samuel à la demande de Saül. Ce tableau, regardé comme la plus belle de ses peintures d'histoire, fait partie du musée du Louvre, et mérite une mention particulière. D'abord, pour bien se rendre compte du sujet, nous allons reproduire le passage du livre Ier des Rois, chapitre xxviii, d'où il est tiré.

« Les Philistins, s'étant assemblés, vinrent camper à Sunam. Saül, de son côté, assembla toutes les troupes d'Israël, et vint à Gelboé. Et ayant vu l'armée des Philistins, il fut frappé d'étonnement, et la crainte le saisit jusqu'au fond du cœur. Il consulta le Seigneur; mais le Seigneur ne lui répondit ni en

songe, ni par les prêtres, ni par les
prophètes.

« Alors Saül dit à ses officiers : « Cher-
chez-moi une femme qui ait un esprit
de python, afin que j'aille la trouver,
et que par son moyen je puisse le con-
sulter. » Ses serviteurs lui dirent : « Il
y a à Endor une femme qui a un esprit
de python. » Saül se déguisa donc, prit
d'autres habits, et s'en alla accompagné
de deux hommes seulement. Il vint
la nuit chez cette femme, et lui dit :
« Découvrez-moi l'avenir par l'esprit
de python, qui est en vous, et faites-
moi venir celui que je vous dirai. »

« Cette femme lui répondit : « Vous
savez tout ce qu'a fait Saül, et de quelle
manière il a exterminé les magiciens
et les devins de son royaume ; pourquoi
donc me tendez-vous un piège pour me
faire perdre la vie ? »

« Saül lui jura par le Seigneur, et
lui dit : « Vive le Seigneur ! il ne vous ar-

rivera de ceci aucun mal. » La femme
lui dit : « Qui voulez-vous que je fasse
venir? » Il lui répondit : « Faites-moi
venir Samuel. »

« La femme, ayant vu paraître Samuel, jeta un grand cri et dit à Saül:
« Pourquoi m'avez-vous trompée? Car
vous êtes Saül. »

« Le roi lui dit : « Ne craignez point:
qu'avez-vous vu? — J'ai vu, lui dit-
elle, un dieu qui sortait de la terre. »
Saül lui dit: « Comment est-il fait? —
C'est, dit-elle, un vieillard couvert d'un
manteau. » Saül reconnut que c'était
Samuel, et il lui fit une profonde révé-
rance en se baissant jusqu'à terre.

« Alors Samuel dit à Saül : « Pourquoi avez-vous troublé mon repos, en
me faisant venir ici? » Saül lui répondit: « Je suis dans une étrange extré-
mité ; car les Philistins me font la
guerre, et Dieu s'est retiré de moi. Il
ne m'a voulu répondre ni par les pro-

phètes ni en songe; c'est pourquoi je
vous ai fait évoquer, afin que vous
m'appreniez ce que je dois faire. »

« Samuel lui dit : « Pourquoi vous
adressez-vous à moi, puisque le Seigneur vous a abandonné, et qu'il est
passé à votre rival ? Car le Seigneur
vous traitera comme je vous l'ai dit de
sa part : il déchirera votre royaume et
l'arrachera d'entre vos mains pour le
donner à David, votre gendre ; parce
que vous n'avez point obéi à la voix du
Seigneur, et que vous n'avez point exé-
cuté l'arrêt de sa colère contre les Ama-
lécites ; c'est pour cela que le Seigneur
vous envoie aujourd'hui ce que vous
souffrez. Le Seigneur livrera aussi
Israël avec vous entre les mains des
Philistins : demain vous serez avec
moi vous et vos fils ; et le Seigneur
abandonnera aux Philistins le camp
même d'Israël. »

« Saül tomba aussitôt et demeura

étendu sur la terre : car les paroles de
Samuel l'avaient épouvanté, et les forces
lui manquèrent parce qu'il n'avait point
mangé de tout ce jour-là [1]. »

« Un sujet aussi pittoresque, dit Lan-
don dans les *Annales du Musée*, à qui
nous empruntons la description de ce
tableau, convenait parfaitement à l'imagination vive et féconde de Salvator
Rosa. La magicienne, d'une figure hi-
deuse, et les cheveux hérissés, jette de
l'encens sur un trépied. Autour d'elle
on entrevoit des squelettes, des hiboux
et divers fantômes. L'ombre de Samuel, enveloppé d'une longue draperie
blanche, est debout et immobile devant
Saül. Ce roi, prosterné, écoute avec
stupeur la sinistre prophétie. Dans le
fond, on voit les deux guerriers qui,
selon l'Écriture, accompagnèrent Saü[

[1] Les Rois, liv. Ier, chap. xxviii, v. 4 à 20 inclusive-
ment. (Traduction de Sacy.)

dans ce voyage. Toutes les parties du tableau concourent à l'effet que le peintre a voulu produire. Le dessin a quelque chose de sauvage et de fier : le coloris est sombre, et, pour ainsi dire, mystérieux [1]. »

Ce tableau marque la maturité du talent de Salvator Rosa, et le plus grand développement de son génie : il signale aussi le terme de sa carrière artistique. Car, quoiqu'il ait vécu encore quelques années, son pinceau ne produisit plus rien. On commença aussi à remarquer chez lui un affaiblissement physique et moral. Il sembla vouloir se dédommager de son impuissance

---

[1] Ce tableau, celui de la *Bataille* dont nous avons donné la description plus haut, et le *Paysage des Abruzzes* dont nous avons parlé au chapitre II, sont les seuls ouvrages de Salvator Rosa que possède le musée du Louvre. Ils sont placés dans la grande galerie, à gauche en entrant par le grand salon carré, à peu près à une égale distance entre ce salon et le pavillon Lesdiguières. Ils ne sont pas réunis ; mais ils sont peu éloignés les uns des autres.

actuelle, par une opinion exagérée de
son propre mérite, vanité commune à
bien des artistes, mais qu'il n'avait pas
montrée jusque-là. Il alla jusqu'à se
persuader qu'il était, comme peintre
d'histoire, l'émule de Michel-Ange; il
tomba dans cette faiblesse au sujet de
son tableau d'autel et de sa *Pythonisse
d'Endor*. Après cela sa vue faiblit, ainsi
que ses facultés morales. Le travail le
fatiguait : il se délassa en exécutant
des gravures à l'eau-forte, qui sont
aujourd'hui fort recherchées. Ses amis
l'engagèrent, dans l'espérance de le
ranimer et de le distraire, à exécuter
une suite de caricatures, genre qu'ils
supposaient convenir à son esprit sati-
rique. Salvator essaya ce travail; mais
il ne put le continuer. Tombé sérieu-
sement malade, il eut d'abord une af-
fection du foie, puis une hydropisie,
dont il mourut le 15 mars 1673, à l'âge
de cinquante-huit ans. Ses restes fu-

rent déposés à la Chartreuse qui s'élève
sur les ruines des Thermes de Dioclétien
à Rome.

———

« Aucun des élèves de Salvator
Rosa n'eut la force de marcher sur ses
traces : c'étaient celles du génie qu'on
admire, mais qu'on ne saurait imiter.
Par une bizarrerie qu'il ne serait pas
difficile d'expliquer, et qu'on rencontre
chez beaucoup d'artistes, il dédaignait
presque le talent sans égal que la nature lui avait donné comme paysagiste :
il s'affligeait de la renommée qu'il s'é-
tait acquise en ce genre. C'était le titre
de peintre d'histoire qu'il ambitionnait,
et un jour qu'un cardinal vint le visiter
dans son atelier, il ne lui montra que

ses tableaux d'histoire, en disant qu'il
ne peignait que la figure. Cependant
personne mieux que lui n'a réussi à
troubler l'air, à agiter, à éclaircir les
eaux, qu'il a exposées à tous les acci-
dents, à tous les reflets de la lumière.
Il a excellé principalement à représenter ce désordre majestueux qui rend
la nature plus imposante et plus ani-
mée; il l'a vue sous cet aspect plus en
grand que les autres, et son pinceau
lui a donné un nouvel intérêt. Son
imagination, ardente comme le ciel
qui l'avait vu naître, se réfléchissait,
pour ainsi dire, dans ses ouvrages: ses
compositions sont pleines de chaleur
et d'énergie. Il dessinait avec plus de
grandeur que de correction: ses figures
surtout laissent à désirer un peu plus
d'élégance; mais sa touche est mâle,
rapide et spirituelle: elle porte partout
la lumière, la couleur, l'expression et
la vie. Ses ouvrages paraissent créés

en un instant; rien n'y sent la contrainte: une verve bouillante en vivifie toutes les parties. L'extrême promptitude qu'il mettait à faire ses tableaux l'a empêché quelquefois de leur donner un plus grand fini. Mais c'est cette facilité même qui est le garant le plus sûr de son talent; il en fallait beaucoup pour se prescrire une aussi grande sévérité de détails que celle qu'on voit dans ses tableaux. Un torrent se brisant sur des rochers, quelques arbres disséminés sur le rivage, une plaine aride, des monts sourcilleux, de vieux guerriers étendus sur le sable, lui suffisent pour produire le plus grand effet. Son style lui appartient tout entier; il ne l'a emprunté à personne, et personne peut-être ne parviendra à l'imiter[1]. »

Ses biographes sont d'avis différent

---

[1] Pedro de Angelis, *Notice sur Salvator Rosa.*

sur le prix que Salvator attachait à l'argent, et sur la valeur qu'il fixait pour ses tableaux. Les uns le représentent comme âpre au gain, et comme ayant toujours besoin de sommes considérables pour satisfaire aux dépenses d'une vie de plaisir et de luxe; selon les autres, au contraire, il était du plus grand désintéressement. Les premiers citent, à l'appui de leur opinion, une anecdote qui, fût-elle authentique, ne nous semblerait pas une preuve suffisante de leur assertion. « On conte, disent-ils, qu'ayant fait un tableau pour le connétable Colonna, ce seigneur en fut si satisfait, qu'il lui donna une bourse d'or. Un second tableau fait pour le même personnage lui valut une bourse plus considérable. Un troisième et un quatrième, faits peut-être sans commande expresse, lui valurent encore des présents semblables; mais au cinquième, le connétable lui envoya deux

bourses à la fois, en lui faisant dire
qu'il lui cédait l'honeur du combat. »

Ecoutons maintenant ceux qui sont
d'une opinion contraire. « Salvator, disent-ils, mit, il est vrai, à ses tableaux
un prix très élevé; mais c'était moins
par avarice que pour faire honneur à
son art; car il ne se souciait pas de les
vendre, il dédaignait même les demandes
et faisait peu de cas des acheteurs.
Souvent, pour aiguiser leurs désirs, il
exposait des ouvrages en public, en
disant qu'il les avait faits pour lui-
même. Il était très désintéressé; mais
il n'aimait pas qu'on marchandât ses
tableaux; il ne voulait pas non plus qu'on
lui en donnât un prix plus élevé que
celui qu'il avait fixé. Il rendit un jour
le quart du prix qui lui avait été envoyé pour un tableau qui lui paraissait
trop payé. Il ne souffrait pas qu'on lui
donnât des arrhes: « Je ne sais pas ce
que mon pinceau sera capable de faire,

répondait-il à ceux qui lui en proposaient, et je ne vous tromperais pas, en vous disant qu'il ne le sait pas lui-même dans ce moment; attendez que mon travail soit terminé, et alors nous conviendrons du prix. » Mais voici un fait plus curieux, c'est le récit d'un acte de désintéressement envers ce même connétable Colonna, à l'égard duquel les premiers biographes nous l'ont montré si avide. « Il ne se laissait jamais vaincre en générosité, disent les seconds; ainsi il rendit un jour au connétable Colonna un blanc-seing qu'il en avait reçu pour fixer le prix de deux tableaux, disant qu'il ne se permettrait pas de mettre sa main sur le papier d'où le connétable avait retiré la sienne. » Il était prodigue de son argent; mais depuis qu'un domestique lui fit observer qu'il n'aurait qu'à devenir perclus ou aveugle pour se trouver réduit à demander l'aumône malgré ses talents, il changea d'habitudes, et mit plus de modération dans ses dépenses.

Cette dernière opinion nous paraît plus vraisemblable que la première.

FIN

TABLE

—

15534. — Tours, impr. Mame.

www.ingramcontent.com/pod-product-compliance
Lightning Source LLC
Chambersburg PA
CBHW070818250626
47170CB00006B/2146